KB127870

시크릿
메즈

시크릿 메즈 2

가프 장편소설

초판 1쇄 찍은 날 § 2016년 8월 25일
초판 1쇄 펴낸 날 § 2016년 9월 1일

지은이 § 가프
펴낸이 § 서경석

편집책임 § 조현우

펴낸곳 § 도서출판 청어람
등록번호 § 제387-1999-000006호
등록일자 § 1999. 5. 31
어람번호 § 제1-2504호

주소 § 경기도 부천시 원미구 부일로 483번길 40 서경B/D 3F (우) 14640
전화 § 032-656-4452   팩스 § 032-656-4453
http://www.chungeoram.com
E-mail § chungeorambook@daum.net

ⓒ 가프, 2016

ISBN 979-11-04-90931-3 04810
ISBN 979-11-04-90929-0 (세트)

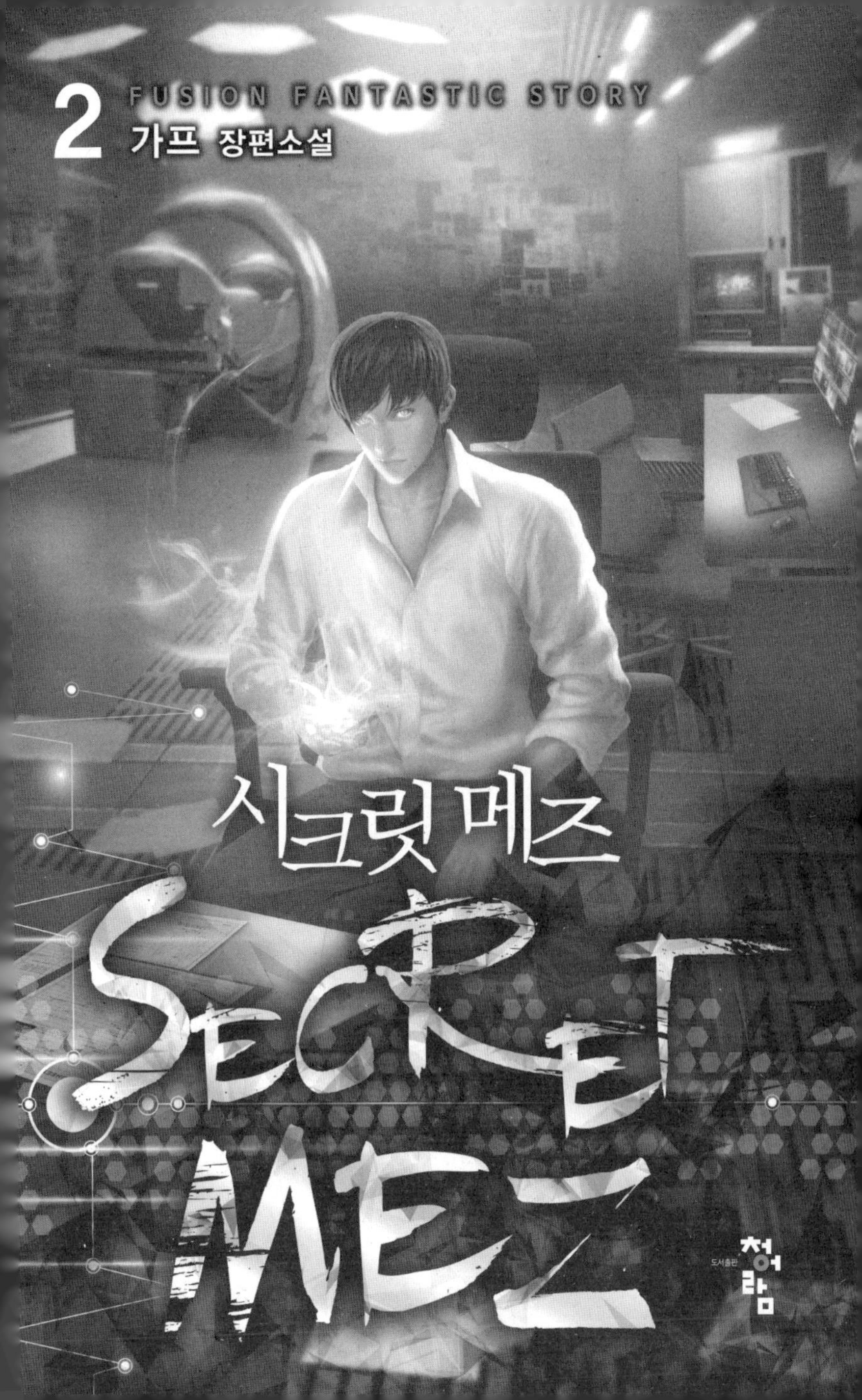
2
FUSION FANTASTIC STORY
가프 장편소설
시크릿 메즈
도서출판 청어람

시크릿 메즈
SECRET
MEZ

제1장
스페셜리스트들

우종영!

그는 유명인이었다. 이성표 못지않은 M&A의 귀재. 자료를 뒤져보니 업계에서는 둘의 충돌을 용호상박으로 표현하고 있었다. 지금까지 둘이 인수합병전에서 붙은 전력만 해도 네 번. 둘은 사이좋게 2승 2패를 기록 중이었다.

―우종영은 외국계 기업을 등에 업은 M&A 전문 브로커.

―이성표는 사모펀드를 내세운 기업 사냥꾼.

둘 다 돈을 따라 도는 해바라기인 것은 틀림이 없었다.

다음으로 이들의 먹잇감인 세우테크!

한때는 괜찮은 회사였다. 그러다 모회사가 자금난에 빠지자 두 특수목적법인을 내세워 지분을 넘기고 경영권을 유지해 왔다. 그러다 최근 특수목적법인의 하나인 H홀딩스가 매각 추진에 나섰다. H홀딩스 역시 사모펀드였으니 수익 추구에 나선 것.

시장에 나도는 인수가는 4,000억에서 5,000억 선. 4억이나 5억이 아니었으니 적의 패를 알면 수십억에서 수백억, 많게는 천억 이상을 세이브할 수 있는 것이다.

억억억!

과연, 장난이 아니었다.

식사를 마친 강토가 덕규를 불러 앉혔다.

"너 나 좀 도와줄래?"

"뭔데?"

"우리 아버지 회사 말이야… 잘하면 되찾을 수 있는 길이 있다고 해서."

"정말?"

덕규는 제 일처럼 좋아했다.

"잘하면이야. 잘 못하면 개꽝이고."

"어떻게 하는 건데?"

"이 인간에게서 숫자 하나를 빼내야 해."

강토가 우종영 사진을 내밀었다.

"아까 보던 사람?"

"그래."

"내가 뭘 도와주면 되는데?"

"부딪혀 봐야 알아."

"형네 아버지 회사 찾으면 나 거기 취직되는 거야?"

"너도 옵션 거냐?"

"그냥 물어봤어. 십 년 끈 편두통 고쳐준 은인인데 목숨 걸고 도와줄게."

덕규는 기꺼운 얼굴이었다.

"나가자, 산에 가야 범을 잡고 물에 가야 물고기를 잡지."

강토가 일어섰다.

기왕 시작된 일이라면 머뭇거릴 필요가 없었다. 더구나 이성표, 프로를 바라지 않는가? 프로는 시켜서 하는 게 아니라 알아서 하는 사람을 일컫는 말이었다.

우종영은 그의 개인 사무실에 있었다. 사택을 지나 사무실 앞에 도착한 강토. 거기 주차된 차를 보고 알 수 있었다. 이런 정보는 그의 명함에서 얻었다. 이성표가 건네준 명함에는 우종영의 사진부터 집과 사무실 주소가 친절하게 박혀 있었다.

이제는 나오기를 기다리는 게 일.

기약 없는 기다림은 늘 반갑지 않았다. 그때 콜라를 마시던 덕규가 그다운 제안을 해왔다.

"이것들도 알고 보면 허가받은 고급 사기꾼이지?"

"그렇다고도……."

"그럼 돈 몇 푼 아쉽지도 않겠네."

"당연히……."

"그럼 특급 호출해도 되겠네?"

"어떻게?"

"대답만 해. 해? 말아?"

"할 수 있으면……."

"나 지하철역에 가 있을게."

강토가 긍정하자 덕규가 차 쪽으로 다가갔다. 얼마나 걸었을까? 세단을 조금 지나친 덕규가 재빨리 몸을 돌렸다. 그의 손에서 광속구가 날아갔다. 날아간 건 공이 아니라 새로 산 병 콜라였다.

와장창!

차 앞 유리에서 굉음이 터지는 것과 동시에 덕규는 골목길로 튀었다. 여기저기서 많은 사람들이 고개를 내밀었다. 주차한 사람이 한둘이 아닌 까닭이었다.

"아, 어떤 후레자식이……."

달려 나온 우종영의 기사가 핏대를 올렸다. 작살난 건 앞 유리가 아니라 콜라병이었다. 덕규가 스피드 조절을 귀신같이 한 것이다. 그렇다고 해서 기사의 핏대가 가라앉지는 않았다. 파편과 콜라로 차가 개판 오 분 후가 되었기 때문이었다.

'옷!'

편의점 앞에서 지켜보던 강토, 머리카락이 쭈뼛 치켜 올랐다. 건물에서 나온 사람, 우종영이었다.

'오케이!'

주목하고 있던 강토가 그들을 향해 걸어갔다.

"어떤 놈이야?"

"글쎄요, 정신병자 아니고서야⋯⋯."

유리 상태를 살피는 두 사람에게 가까워진 강토, 우종영의 팔을 슬쩍 치며 지나갔다.

"뭐야?"

우종영이 갈기를 세우며 돌아보았다.

"죄송합니다!"

강토는 정중히 사과를 했다. 강토는 보았다. 우종영의 상체가 살짝 움찔거리는 걸. 바라보는 동안에 이미 강토의 시크릿 메즈가 그의 비밀 하나를 캐버린 것이다.

"괜찮으십니까?"

기사가 다가왔다. 강토는 그에게도 허리를 숙여보였다.

"거 조심해. 젊은 사람이 말이야."

기사가 눈을 부라렸지만 그 이상의 추궁은 없었다. 강토는 유유히 지하철역을 향해 걸었다.

"형!"

역이 가까워지지 덕규가 모습을 드러냈다.

"어떻게 됐어?"

무엇보다 결과가 궁금한 덕규.

"다행히 뇌파가 맞아서 건졌다."

강토는 엄지와 검지로 동그라미를 만들어 보였다.

"아싸, 빙고!"

덕규는 주먹을 불끈 쥐어 보였다. 강토의 마음도 그랬다. 시간을 당겼다. 상대에게 능력을 과시하는 일. 그건 질질 끄는 것보다 백배는 나을 일이었다.

이성표는 거실에서 바둑을 두고 있었다. 상대는 인공지능, 그보다는 조금 낮은 컴퓨터 바둑이었다. 이성표는 진지했다. 그 자신, 알파고라도 상대하는 줄 아는 걸까?

"조금만 기다리라고."

그 한마디 후로 화면에 시선 고정. 바둑을 모르는 강토였지만 그게 막판이라는 건 알 것 같았다.

"젠장!"

잠시 후 그는 마우스를 놓았다. 패를 선언한 것이다.

"바둑 둘 줄 아나?"

등을 기대며 그가 물었다.

"아뇨."

"그럼 독심술 말고 뭘 할 줄 아나?"

"야구, 농구 좋아합니다만."

"게임은 안 하나?"

"하긴 바둑도 게임이죠?"

"바둑은 스포츠라네, 정신 스포츠."

"게임도 e 스포츠로 불립니다만……."

"……?"

"……."

"이제 보니 그렇군."

이성표는 테이블에 있던 서류들을 아래쪽으로 치웠다. 그역시 자신의 패는 기밀로 취급하는 눈치였다.

"몸은?"

"보시다시피……."

강토는 어깨를 으쓱해 보였다.

"중요한 말이 있다고?"

"예."

"말해 보게. 난 체크해야 할 게 많아서 말이야."

"오는 길에 우종영을 만나고 왔습니다."

"우종영?"

느긋하던 이성표가 상체를 발딱 세웠다.

"쇠뿔도 단김에 빼는 게 좋을 것 같아서요."

"입찰액을 읽어왔단 말인가?"

"예!"

"얼마던가?"

이성표의 몸이 강토 쪽으로 기울었다.

"그전에 우리 아버지 회사 건에 대한 비전도 보여주셨으면

합니다."

"……?"

"그게 합당한 거래 아닐까요?"

"흐음, 진짜로 아마추어는 아니로군."

이성표는 다시 소파에 등을 기댔다.

"좋은 게 좋은 거라고 해서 말입니다. 서로 깔끔하면 나쁠 게 없겠지요."

"좋아, 나도 뼈대는 알려주지. 그러니까 그 일은……."

이성표가 설명을 시작했다. 어찌나 명료한지 그의 설명은 3분도 채 걸리지 않았다.

"잘될까요?"

강토가 물었다.

"비지니스란 건 누가 하느냐에 달렸지."

이성표가 웃었다.

"참고로 저는 빈털터리입니다. 저희 아버지도……."

"알고 있어."

"……?"

당연한 듯 말하는 이성표의 말에 강토가 고개를 들었다.

"돈 냄새 안 나잖아? 내가 자네처럼 신들린 독심술은 못하지만 돈이 있는지 없는지는 척 보면 알지."

"……."

"말했지만 이건 그냥 초보적인 일이야. 자네 아버지가 당한 역순으로 가면 될 일이니 이제 입찰액이나 개봉해 보게나."

두 시선이 허공에서 마주쳤다. 강토는 침착하게 패를 깠다.

"4,221억입니다."

"4,221억?"

"예!"

"확실한가?"

"아까까지는 그랬습니다."

"……?"

"머릿속에 또 다른 액수를 만지고 있는 것 같더군요."

"그럼 그건?"

"아직… 사람의 마음은 날마다 변하니까요."

"옵션이군?"

이성표가 빙그레 웃었다. 강토의 의표를 간파한 것. 그는 과연 프로였다.

"의도치 않게도 그렇게 된 것 같습니다."

"뭘 원하나? 패를 까보게."

"제가 착수를 했으니 선생님도 착수를 해주시면 고맙겠습니다."

"계산 한번 깔끔하군."

"백수라서 모든 걸 현찰로 계산하는 게 버릇이다 보니……."

"좋아. 그렇잖아도 준비는 해두었네. 족집게 독심술 전문가 눈 밖에 나면 쓰겠나?"

이성표는 테이블 맨 아래에서 서류 봉투를 뽑아들었다.

"부친 해먹은 인간이 기유성. 항유정공 대표 맞지?"

"예!"

"그 바닥 강자로 떴더군. 필경 자네 부친처럼 뭉개버렸겠지. 다른 경쟁사들 말이야."

"……."

"지금은 나름 호황을 누리고 있어."

"……."

"알아보니 유사 업체 두 곳이 도산 직전이던데… 다행히 한 곳이 바로 자네 부친 회사를 인수한 기업체야."

"……?"

"그래도 자네 부친 회사였는데 다행이라고 표현해서 마음에 걸리나?"

"아닙니다."

"이런 걸 보고 운명이라고 해야 하나? 아니면 극적이라고 해야 하나? 그동안 사장이 두 번 바뀌었는데 이번 사장이 유동성 위기에 처해서 명의를 빌릴 수 있을 것 같네. 그걸로 기유성의 왕국에 빵꾸를 낼 걸세."

'빵꾸?'

"뭐 말했다시피 원리는 간단하네. 보아하니 전임 중역이 제 심복을 승진시켜 그 자리에 앉힌 모양이던데 그 속성이 어디 가겠나? 빳빳한 현찰 좀 찔러주고 깔쌈한 향응… 그런 다음에

기 사장의 제품 설계도면 넘겨받은 후에 납품가 후려쳐 납품 계약……."

아버지가 당한 방법 그대로였다. 이제는 탄탄대로에 올라선 기유성 사장. 그사이에 제품도 사양이 바뀌어 개발비 좀 뿌렸다. 그런 기술을 역이용당하면 그야말로 피눈물 날 판…….

"될까요?"

"되지, 대기업 이사들은 실적이 필요하거든."

"그럼 자금이 필요하지 않습니까?"

"일단 내가 책임지지. 자네 부친 말이야, 과거의 경영 능력을 체크해 봤더니 우직한 거 외에는 흠이 별로 없더군. 그건 지난번 실패가 교훈이 됐을 테니 부친이 컴백하면 그 회사 이윤의 3%를 넘겨받는 조건이면 되겠네."

"네……."

"이해가 됐으면 부친에게 현역 복귀 준비나 하라고 전하게. 계약 확정되면 바로 회사를 접수해야 할 테니까."

"……."

"왜? 실감이 안 나나?"

"조금은……."

"그건 나도 마찬가지였네. 나도 자네 같은 능력자를 만날지 상상 못 했어."

"……."

"시간 없네, 그쪽 브로커들 바짝 조여 놨으니 오늘 저녁에라도 연락이 올지 몰라."

이성표.

인상은 차지만 배팅은 쿨했다. 강토의 깡에 제대로 꽂힌 모양이었다.

쿨하게 이성표의 집을 나왔다. 말대로만 된다면 더 바랄 게 없는 옵션. 그러나 강토, 포커페이스를 유지했다.

상대는 스페셜리스트. 일이 끝날 때까지는 틈을 보이지 않을 생각이었다.

그날 밤, 문자가 왔다.

―고범호 상무 1차 접대 성공.

다음 날 오후에 문자가 이어졌다.

―설계도면 확보.

그야말로 일사천리, 이성표의 업무 추진력은 타의 추종을 불허할 정도였다. 설계도면 파일을 넘겨받은 강토는 속초행 고속버스에 올랐다.

속초는 가까웠다. 동서울에서 불과 2시간 남짓 걸렸을 뿐이었다. 아버지의 집은 비어 있었다.

말이 집이지 허름하기 그지없었다. 빨랫줄에 걸린 낡은 러닝셔츠와 고무줄 늘어난 양말이 강토의 마음을 잡아끌었다. 빳빳한 옷깃의 와이셔츠, 그 위에 질끈 단정한 넥타이를 매던 아버지는 어디로 갔을까?

항구 근처의 낡은 여관에서 잠을 청했다.

'아버지……'

어둠 속에서 아버지를 생각했다. 참 멋진 분이셨다. 아무리 회사 일이 바빠도 캄보디아에 학교 짓는 일을 소홀히 하지 않았던 아버지.

"제가 어른이 되면 그때는 제가 여기에 학교를 지어줄게요."

어린 강토가 말할 때 아버지는 고개를 저었다.

안 돼.

"왜요?"

"그때까지 캄보디아가 가난하란 말이냐? 그때는 캄보디아도 부자 나라가 되어야지."

지금 생각해도 그 말은 멋졌다.

아버지가 회사 작업 점퍼를 입고 생산 현장을 도는 모습을 상상하며 강토는 잠이 들었다.

새벽 항구의 불빛은 파리했다.

일찌감치 잠이 깬 강토는 아버지의 어선이 출항한 항구로 나왔다.

항구는 강토보다 먼저 깨어 있었다. 어촌의 삶에 묻어나는 비린내는 서울보다 정겹게 느껴졌다.

배가 들어오기 시작했다. 아버지의 배도 해가 솟은 직후에 모습을 드러냈다.

소리치지 않고 가만히, 아버지의 배를 바라보았다. 배 타는 아버지 모습은 처음이었다. 괜히 울컥하는 가슴을 달래놓았다.

아버지는 갑판 아래에서 고기 상자를 꺼내기 시작했다. 홍게였다. 한참 후에야 아버지와 시선이 닿았다.

"강토야!"

아버지가 동작을 멈췄다.

'아버지!'

강토는 소리 없이 손만 들어보였다.

아버지가 뭍으로 올라오자 강토는 공손히 고개를 숙였다.

"언제 왔어? 몸은 괜찮고?"

아버지의 젖은 손이 강토의 손을 잡았다.

"저 끄떡없어요."

강토는 담담하게 대답했다.

"아줌마, 우리 아들이에요. 시원한 물메기탕 곱빼기로 내주시오."

허름한 식당으로 자리를 옮긴 아버지가 목청을 높였다. 이제 보니 아버지, 어부가 다 되어 있었다.

"진짜 웬일이냐?"

식사가 나오자 아버지가 물었다. 물메기탕은 보기보다 맛이 담백 시원했다.

"그냥 왔어요."

아버지가 보고 싶어서요.

잘난 어색함 때문에 하고 싶은 말은 나오지 않았다.

"몸은 진짜 괜찮지?"

"그럼요, 아버지는요?"

"나?"

대답하면서 자신의 맵시를 돌아보는 아버지. 긴 장화와 작업복, 까칠한 얼굴과 멋대로 날린 머리카락이 그제야 신경 쓰이는 눈치였다.

"좀 엉망이지?"

아버지가 웃었다.

"예……."

"바람 쐬러 왔냐?"

"예……."

"혼자?"

"예……."

"허어, 기왕이면 아가씨라도 데리고 나타날 것이지."

"……."

"혹시……. 취직된 거냐?"

아버지가 조심스레 고개를 들었다. 언젠가 통화한 게 생각난 모양이었다. 취직되면 내려가겠다고 했던 그 말…….

"곧 될 거 같아요."

"다행이구나."

"그런데 아버지."

"왜?"

"이거······."

강토가 설계도면 복사종이를 내밀었다.

"······?"

도면을 본 아버지가 숨을 멈추었다. 한눈에 알아본 것이다. 그게 무슨 설계도면인지.

"컴백하고 싶지 않으세요? 아버지의 바다로?"

"······."

"캄보디아에 학교 지으셔야죠. 거기 아직도 가난하대요."

"······."

"제가 아는 분이 있어 부탁을 했는데 어쩌면 아버지 회사 되찾을 수 있을 지도 몰라요."

"강토야."

아버지가 고개를 들었다.

"저 제정신이에요."

"얼마 전에 서울 검찰청 직원이 다녀갔다. 혹시 그 일하고 관계있는 거냐?"

"아뇨."

시치미를 떼었다.

"그런데 왜 느닷없이······."

"뭐든지 느닷없이 생기는 거잖아요?"

"그건 그렇다만······."

"잘하면 며칠 후에 좋은 소식이 올 거예요."

"뭘 어떻게 하고 있는지는 모르겠다만 다 부질없는 짓이야. 그러니 괜한 일 말고 네 앞길 걱정이나 하거라."

"제 걱정은 마세요."

"……."

"물메기탕 시원하고 좋네요. 한 잔 드릴게요."

강토가 소주를 들었다. 아버지는 받지 않았다. 그냥 술잔에 따라놓았다. 아버지의 시선은 여전히 도면 위에서 서성거렸다. 그곳이 아버지의 바다라는 거, 본능적으로 느껴졌다.

식당 앞에서 아버지와 헤어졌다.

'힘내세요!'

버스터미널이 가까운 바닷가에서 아버지를 두고 온 식당 쪽을 바라보며 혼자 말했다.

그러마!

파도가 철썩철썩 아버지 대신 대답했다.

*　　　*　　　*

비가 내리기 시작했다.

강토는 벙커에 있었다.

"형, 오늘이라고 그랬지?"

알바 출근 준비를 하던 덕규가 물었다.

"응!"

"잘 해. 형, 젖 먹던 힘까지!"

덕규는 부리나케 벙커를 뛰어나갔다.

후우!

천천히 호흡을 골랐다.

디데이가 왔다.

오늘 성공하면…….

아버지가 제자리로 돌아올 수 있었다.

—견실한 기업가.

—도전하는 기업가.

그건 강토가 바라던 염원 중의 하나였다.

그러나 기회는 단 한 번!

딩동당동다로롱!

거울을 보며 결의를 다질 때 전화가 울렸다. 이성표였다.

"기분 어때?"

그가 가져온 차 조수석에 오르자 이성표가 물었다.

"덤덤한데요?"

"자네도 알고 보면 강심장이야."

"먹고 살려면 그래야 한다고 배워서요."

강토는 능청스럽게 대답했다. 뇌과학연구소 사건 이후로 변한 것 중의 하나였다. 아무데서나 솔직하면 뒤통수 맞는다. 사회에서는, 더구나 이런 거래에서는 포커페이스를 유지하는 게 좋았다.

"낙찰이 결정되면 다물 ENG 사장이 자네 부친에게 전화를 걸어 경영권을 넘길 걸세. 그때 부친은 새로운 대표자로써 융진의 고 상무이사와 납품계약을 체결하면 되네. 첫 납품까지 필요한 운전자금은 내가 융통해 주고 납품 이후에는 대금이 들어올 테니 부친 재량껏 운영하면 될 거야."

"……."

"고맙다고 말하지 않는군?"

"아직 결정된 게 아니니까요."

"하핫, 이래서 내가 자네를 좋아한다니까."

"고맙습니다."

목소리가 조금 뻣뻣하게 나왔다. 강토는 큼큼 목을 풀었다. 자연스러우려고 노력하지만 그래도 살짝 긴장이 되는 건 어쩔 수 없었다.

입찰 장소에 도착하자 이성표의 협력자들이 기다리고 있었다. 세단 앞에 도열한 네 사람은 전문가 중에서도 전문가들……

"우종영은?"

이성표가 물었다.

"아직입니다."

"좋아, 먼저들 들어가시게."

"결정하셨습니까?"

협력자 하나가 물었다.

"여기 들었네."

이성표는 자기 머리를 가리켰다. 협력자들은 서류 가방을 끼고 안으로 들어갔다.

"여기서 기다리면 우종영이 올 걸세. 본 적이 있으니 설명은 필요 없을 테고."

"네."

"바람은 내가 잡아주겠네."

"원하신다면."

강토가 대답하자 이성표가 웃었다.

잠시 후에 두 대의 세단이 들어섰다. 우종영은 그중 앞쪽 차에서 내렸다. 산뜻한 차림의 정장이었다.

"이어, 우사장님!"

이성표가 다가섰다.

"좋은 꿈 꾸셨습니까?"

"좋은 꿈은 이 실장님이 꾼 거 아닙니까? 얼굴에 윤기가 좔좔 흐르는군요."

친한 척하는 두 사람. 연기 실력은 막상막하로 보였다. 포커페이스 위의 남자들. 프로 중의 프로들이 충돌하고 있었다.

"어이쿠, 이거 순전 개기름입니다. 윤기는 우 사장님 얼굴이 윤기죠."

대화를 틈타 강토는 바로 우종영의 눈을 겨누었다. 그런데… 고개를 숙이며 주머니에 손을 넣은 우종영, 느닷없이 알큰 뿔테 안경을 꺼내 착용을 했다.

"……?"

"눈 나빠지셨나요?"

강토를 슬쩍 돌아보며 이성표가 물었다.

"아, 예… 워낙 부실하다니 보니 눈까지 말썽이군요."

"어이쿠, 그럼 노안이군요. 혹시 누진다초점?"

"예, 그동안 남몰래 돋보기 쓰다가 독일제 누진다초점이 좋다기에 써봤는데 그럭저럭 괜찮더군요."

안경!

주목하던 강토의 목젖이 꿀럭 흔들렸다. 반 검사의 여자 때문이었다. 그날, 강토의 매직 뉴런은 여자의 선글라스를 넘어서지 못했다.

'안경도?'

불안한 마음을 달래며 기세 좋게 시크릿 메즈를 시전했다. 그동안 선택적 명령에 신경전달물질 조절까지 업그레이드된 상황. 안경도 문제가 되지 않을 수 있었다.

하지만!

"……!"

먹히지 않았다.

다시 한 번!

'이런……'

강토의 심장이 격하게 출렁거렸다.

비밀 서랍에 명령어를 넣을 수 있게 된 강토. 그러나 안경에 막혀 아무것도 할 수가 없게 되었다. 낭패였다. 지난번에는 안경이 없었던 우종영. 옆에는 수행원들이 있어 반 검사의 여자처럼 손을 쓸 수도 없는 상황이었다.

땀샘!

뇌하수체에서 신경학적 조절이 가능한 땀의 분비.

땀이 쏟아지면 안경을 벗을 지도 모른다. 하지만 그 또한 공염불에 불과했다. 매직 뉴런이 들어가야 땀을 쏟든 말든 할 것 아닌가?

그사이에 우종영이 먼저 안으로 움직이기 시작했다. 그 옆으로 수행원들이 따라붙었다. 한걸음 늦춘 이성표가 강토를 돌아보았다.

끝났나?

그가 눈으로 물었다.

대답 대신 강토는 성큼 앞으로 걸었다. 끝은커녕 시작도 못한 일. 그러나 이렇게 물러설 수는 없는 일이었다.

'안경……'

왜 안 되는 걸까?

남의 머릿속에 들어가 비밀의 상자까지 열어젖히는 판에 안경 따위에 무용지물? 받아들일 수 없었다. 제 아버지의 손에 의해 도려내진 차태혁의 목숨. 그 한을 품고 이온 고정액 속에서 완성한 기적치고는 너무나 취약한 약점이었다.

기억을 더듬었다.

그때…….

강토는 교감했었다. 알바를 하던 동안에도 무려 세 번이나 교감. 비록 뇌파 센서를 끼고 있었다지만 그때의 교감은 눈과 머리가 동시에 느껴졌다.

눈!

당시 6번 뇌는 분명 실험관 안에 있었고, 강토는 실험관 밖에 있었다.

'방법이 있을 거야.'

암!

그렇고말고.

아버지 마음에 학교를 세워드려야지. 아버지가 꿈꾸던 바다로 돌려보내드려야지. 그런데 그 일이 쉽겠어? 시든 마음이 두툼한 상처 딱지를 뚫고 나오는 게 쉽겠냐고?

업그레이드!

기왕이면 한 번 더, 그게 필요한 순간이 온 것 같았다.

시크릿 메즈!

매직 뉴런!

강토는 온몸의 신경을 곤두세운 채 과정을 풀어보았다.

지직지직!

타인에게는 보이지 않지만 체표에 지글거리는 뇌파. 그리고 상대방을 겨누는 의지. 의지로부터 발현되는 뉴런의 궤적. 순식간에 이루어지는 내 뇌와 타인 뇌의 접속. 이어지는 비밀스러운 기억의 공유…….

'그때 뉴런은?'

눈에서 눈까지 보이지 않는 한 줄기 빛!

'빛……'

강토의 걸음이 멈췄다. 눈에서 눈으로 날아가는 빛은 언제나, 레이저처럼 거침없는 직진이었다. 하나의 궤적으로 순식간에 치고 들어가는 것이다.

'바로 그거야. 직진…….'

돌직구!

뽀대난다.

하지만 때로는 커브나 슬라이더도 필요하다. 그저 윽박지르는 것만이 능사가 아니기 때문이다.

하느님!

이 생각이 제발 옳았기를…….

마음을 정한 강토가 걸음을 멈췄다. 입찰장의 복도까지 깊이 들어선 상황. 저만치 앞에 안내 데스크가 보였다. 복도 끝에는 마스크를 쓴 사람들이 보였다.

〈인수합병 결사반대!〉

두 손에 든 종이 피켓이 보였다. 합병을 반대하는 쪽의 침묵

시위 같았다. 강토는 거기서 몸을 돌렸다. 그리고… 성큼 우종영을 향해 걸었다.

세 수행원과 걸어오는 우종영. 강토와의 거리는 점점 가까워졌다. 대략 5미터 거리 안쪽으로 좁혀졌을 때 강토는 다시 매직 뉴런을 출격시켰다.

4미터…….

우종영은 옆 수행원과 대화를 나누고 있었다. 원래는 매직 뉴런의 시전과 동시에 살짝 흔들렸어야 할 우종영. 그런데 흔들림이 없는 것이다.

후우!

강토는 호흡을 멈춘 채 매직 뉴런을 컨트롤하기 시작했다. 그것들은 강토의 시선 앞에 작은 안개 덩어리를 형성하고 있었다. 방금처럼 직진의 궤적이 아니었다.

3미터…….

우종영이 엷은 미소를 지었다. 강토의 매직 뉴런은 솜사탕 크기로 세력이 넓어졌다.

2미터…….

'부디!'

염원과 함께 강토는 매직 뉴런을 밀었다. 덩어리를 이룬 매직 뉴런들은 그대로 우종영의 안경으로 날아가 부딪혔다. 그러자 일부가 풀썩 흩어지며 안경 너머로 진격했다. 흩어졌던 뉴런들도 앞선 무리의 꼬리를 물고 우종영의 눈 안으로 밀려들었다.

1미터…….

길을 터주는 척 옆으로 비켜선 강토 앞에서 우종영이 삐끗 흔들렸다.

빙고!

벽에 붙어선 강토가 내심 쾌재를 불렀다.

"왜 그러십니까?"

놀란 수행원이 우종영에게 물었다.

"아니……. 그냥 잠시 어쩔해서……."

우종영은 이마를 쓸고는 걸음을 계속했다.

후우!

그제야 강토는 갈비뼈 빗장에 걸린 숨결을 토해냈다. 절대 위기, 그러나 하늘은 강토의 편이었다. 안개의 물결로 안경에 부딪친 매직 뉴런들이 공간을 비집고 눈으로 들어간 것이다.

몇 걸음 뒤에 오던 이성표가 강토를 바라보았다.

"사!"

"……."

"이!"

"……."

"삼!"

"……."

"공!"

4,230억 쓰세요!

전달을 끝낸 강토가 이성표를 바라보았다. 그는 끄덕 고갯
짓을 하더니 무심하게 강토를 지나쳤다. 강토는 벽에 기댄 채
한숨을 몰아쉬었다. 처음 시크릿 메즈를 쓸 때만큼이나 아뜩
했다. 절박함 때문이었다.

'아버지……'

최선을 다했다고 생각하는 순간, 아버지 얼굴이 떠올랐다.
기억 속에서 아버지가 웃었다. 좋은 징조였다.

지상의 일은 둘 중 하나다. 음이냐 양이냐? 요즘으로 치면
On과 Off였다. 그런데 음양은 왜 음이 먼저 오는 걸까? 밝음
뒤에 어둠이 오는 게 아니라 어둠 뒤에 밝음이 오는 것이다.

아버지…….

음양으로 치면 아버지의 어둠이 걷힐 때였다. 강토의 어둠
도 걷힐 때였다. 삼십여 번 넘게 쓴맛을 본 취업전선. 그렇다
면 이제 의기양양한 승전보 한 번쯤은 울릴 때가 된 것이다.

반 검사!

그 얼굴이 스쳐갔다. 장철환도 겹쳐왔다. 권력의 핵심에 서
있는 두 사람. 어쨌든 강토를 주목하고 있었다. 나쁘지 않았
다.

'이성표…….'

반 검사는 말했다.

실력으로 밀어붙여야 할 거야.

그 말을 들을 때 강토의 경험이 반응을 했다.

실전 면접!

두 군데인가 그런 회사가 있었다.

랜덤으로 물건을 던져주고 장단점 10개 찾아내기. 순발력과 능력을 엿보기 위한 일이었다. 강토는 그때 유모차를 받았다. 아무리 쥐어짜도 장단점 10개는 나오지 않았다. 난생 처음 받아든 유모차. 그때 쓰라리던 경험이 오늘은 선생이 되어주었다.

4,230억!

우종영의 머리에서 읽어낸 숫자는 4,225억이었다.

방금 결정한 것이라 따끈했으니 4,225억 1원을 써도 될 일이었다. 하지만 강토, 범위를 조금 넓혔다. 그렇게까지 맞출 필요가 없는 일이었다. 지나치면 모자람만 못하다. 강토는 그 말을 참고했다.

1원 차이 낙찰.

신의 한 수.

물론 그런 결과로 과시하고 싶은 마음도 있었다. 그러나 곰곰이 생각하면 무덤을 파는 일이 일일 수도 있었다. 이 일은 반 검사와 장철환의 귀에도 들어갈 수 있는 일. 그렇기에 여지를 남겼다. 목적은 승. 야구 경기로 치면 승리가 목적이지 점수 차이가 아니었다.

이성표는 얼마를 썼을까?

강토의 말에 따랐을까?

물론 만에 하나는 남아 있었다. 우종영, 입찰장 안에서 마음이 변할 수도 있었다.

'젠장!'

상상만으로도 닭살이 돋았다. 그거야 말로 도로아미타불이 분명했다.

시간은 느리게 지나갔다. 핸드폰에 있는 게임을 열고 이리저리 눌러보지만 흥미가 없었다. 노래도 마찬가지였다. 짧은 거리를 의미 없이 오고 갔다.

얼마나 지났을까? 마침내 입찰장으로 통하는 복도의 문이 열렸다. 보이는 건 직원 한 사람뿐이었다. 저기 먼 입찰장까지 복도는 뻥 뚫려 있었다.

한참 후에야 복도에 사람이 어른거리기 시작했다. 먼저 보인 건 이성표였다.

On일까?

Off일까?

마른 침이 목이 걸리는 순간 이성표가 한 손을 번쩍 들어보였다.

'On이다!'

강토의 직감이 발딱 고개를 들었다.

그 말을 확인이라도 시키려는 듯 이성표가 성큼성큼 다가왔다. 가까워지자 그는 손을 내밀었다. 강토도 손을 내밀었다. 이성표는 으스러져라 강토의 손을 잡았다. 어깨도 두드려주었다.

"이겼습니까?"

강토가 물었다.

끄덕!

그는 단 한 번의 고갯짓으로 대답했다. 입가에는 환한 미소가 물려 있었다. 그 미소가 사라지기도 전에 차량 뒤에서 검은 그림자 하나가 불쑥 튀어 올랐다.

"개새끼!"

육중한 그림자가 사납게 허공을 휘저었다.

파창!

병 작살나는 소리가 울려 퍼졌다. 맥주병이었다. 그것도 맥주가 가득 든. 그나마 다행히 이성표의 얼굴을 살짝 빗나간 게 천행이었다.

유리와 맥주가 산산조각이 나며 자아낸 공포감은 놀라웠다. 혼비백산한 이성표가 물러서는 사이에 괴한이 이성표를 덮쳤다. 함께 쓰러진 이성표가 몸부림치며 반항했다. 괴한은 품에서 뭔가를 꺼냈다. 번쩍, 음산한 빛을 튕겨내는 그것은 시퍼런 회칼이었다.

"죽어!"

차에 등을 기댄 이성표에게 괴한이 달려들었다. 순식간에 몸을 날린 강토가 그 팔을 잡았다.

"이런 씨발!"

악에 바친 괴한은 완력으로 강토를 밀었다. 칼 든 손을 잡은 채 밀렸다. 허공에서 멈췄던 칼이 강토의 어깨를 향해 점점 가까워졌다.

"잇!"

버텨보지만 역부족이었다.

'덕규……'

쉰 소리가 나왔다. 덕규라면, 팽이처럼 몸을 돌리며 하이킥을 날렸을 것이다. 애석하게도 강토는 덕규보다는 싸움에 약했다.

"씨발 놈아, 너도 우리 회사 꽁으로 먹으려는 패거리냐? 우리는 인수합병 절대 반대니까 어디 한번 뒈져봐라!"

괴한의 입가에 광기의 살광이 스쳐갔다. 서슬 푸른 회칼 끝이 쇄골 아래 뼈에 닿을 듯 가까워졌을 때 강토는 괴한의 눈으로 매직 뉴런을 밀어 넣었다.

고양이!

고양이처럼!

고양이에게 그랬듯이!

어쩔까?

짧은 순간 강토는 호르몬과 신경전달물질을 떠올렸다.

도파민을 분비시켜 기분을 좋게 하면 칼을 놓을까?

미친 짓!

그것도 아니면 아세틸콜린을 막아버려서 기억상실증을?

그것도 미친 짓.

그런 물질들이 그런 작용이나 기능을 한다는 건 읽었지만 이렇게 전투적인 상황에서 즉각적으로 먹힐지는 자신할 수 없는 일이었다.

그 사이에 칼끝이 어깨살에 닿았다.

공포감이 확 피어올랐다. 그러자 생각이고 나발이고 할 여유가 없어져 버렸다.

'그거라면?'

강토는 합당한 물질 하나를 떠올렸다. 그리고 미친 듯이 괴한의 뇌를 자극해 그 물질을 홍수로 만들어버렸다.

강토의 선택은 글루타메이트.

글루타메이트!

외상후스트레스장애와도 연관된 공포 유발물질이었다.

"꾸엡!"

괴한은 그대로 주저앉아 눈을 뒤집었다. 하얗게 질린 얼굴과 홀떡 뒤집힌 눈동자의 흰자위. 침을 줄줄 흘리는 온몸은 뼈가 부러질 듯 경련하고 있었다.

글루타메이트가 공포의 극한을 맛보여준 것이다. 바라보는 강토가 놀랄 지경이었다.

'너무 과했나?'

겨우 숨을 돌리며 그 앞으로 다가섰다.

천천히, 천천히!

"우아압!"

강토는 그대로 몸을 날려 괴한의 턱을 박아버렸다.

"꾸워어!"

짧은 비명과 함께 나가떨어진 괴한은 여전히 공포의 포로였다. 그사이에 경찰이 도착했다. 이성표 일행 중에 누군가 신고를 한 모양이었다. 괴한은 경찰에 연행되었다. 강토는 매직 뉴런에게 휴식을 주었다. 공포에 떨던 괴한의 몸이 늘어지는 게 보였다. 강토도 그제야 마음을 놓았다.

"괜찮나?"

이성표가 강토에게 다가왔다.

"예… 실장님은?"

"덕분에… 자네가 나를 살렸네."

"……."

"고맙네, 내 이 은혜 잊지 않겠네."

이성표가 손을 내밀었다. 강토는 그 손을 잡았다. 이성표는 이제 한 올의 경계심도 품지 않은 얼굴이었다.

"괜찮으면 가서 식사나 하세."

이성표가 차를 가리켰다.

"아닙니다. 아버지께 가봐야겠습니다."

강토는 사양했다.

"미안하지만 타야 하네."

이성표는 웃었지만 가벼운 미소가 아니었다.

"예?"

"타야 한다고!"

한 번 더 뒷문을 가리키자 강토는 토를 달 수 없었다. 차에 오르자 이성표는 누군가와 통화를 했다. 아주 깍듯한 태도였다.

그동안 강토는 시크릿 메즈를 생각하고 있었다.

또 다른 한계를 넘었다. 안경의 벽과 인간 뇌 안에 작용하는 물질의 통제…….

'정말이지…….'

뿌듯했다.

어디까지 가능한 걸까? 이 시크릿 메즈… 강토의 골똘함은 이성표의 말소리와 함께 끝이 났다.

"다 왔네!"

서초구의 아담한 해물탕 전문집 앞, 차가 멈추자 이성표가 문을 가리켰다.

미리 예약이 된 듯 종업원이 나와 강토를 안내했다. 작은 복도를 끼고 돌자 쪽 마당이 나왔다.

"들어가게."

이성표의 한 발 앞에서 강토가 작은 내실의 문을 열었다. 그리고 바로 굳어버렸다.

"......!"

내실에 앉은 사람은 둘.

한 사람은 장철환, 그리고 또 한 사람은 반석기 검사였다.

제2장
Brain 지배자

"어서 오시게!"

장철환이 상석에서 자리를 권했다.

"앉아!"

강토가 주춤거리자 반 검사가 손목을 당겼다. 강토는 반 검사 옆에 앉았다. 이성표는 들어오지 않았다.

"오면서 이 실장에게 무슨 말을 들었나?"

장철환이 물었다. 나지막하지만 위엄이 가득 서린 목소리였다.

"아뇨."

강토가 대답했다.

이들 세 사람…….

장철환과 반석기, 그리고 이성표.

아는 관계가 틀림없었다. 그것도 그냥 아는 관계가 아니라 돈독해 보였다. 강토는 신경을 곤두세웠다. 대체 무슨 일이 일어나고 있는 건가?

'이성표의 비밀을 다 들여다볼 걸 그랬나?'

아차 싶었지만 불안하지 않았다. 이들이 이성표를 조종하고 있다면 이들 속내를 열어보면 될 일이었다.

"일단 식사부터 할까?"

장철환이 일동에게 식사를 권했다. 강토는 수저를 들지 않았다.

"우리 이강토 씨는 식사보다 급한 게 있는 눈치인데요?"

강토 표정을 본 반 검사가 웃었다.

"그럼 반 검사가 설명하는 게 좋겠군. 젊은 사람들이니까."

꽁치 머리를 떼어든 장철환이 공을 반 검사에게 넘겼다. 그 사이에 강토는 장철환의 기억을 열었다.

〈이강토!〉

원하는 명령어를 넣자 짧은 기억이 튀어나왔다.

―쓸 만한 재주를 가진 친구라?

―적당히 구슬려서 부려먹고 한자리 마련해 주면 되겠지.

소모품!

장철환의 머리에 든 강토에 대한 판단은 '소모품'이었다. 실망하지 않았다. 그는 청와대에 근무하는 초고위직 인사. 주변 모든 것이 소모품일 수도 있는 위치였다. 그건 기업에 들어가도 다르지 않았다. 대기업 사원 역시 소모품이기는 마찬가지니까.

'기회가 주어지면 내 힘으로 신뢰를 사는 수밖에.'

강토의 뇌는 냉철한 포지션을 지켰다.

"놀랐어?"

시크릿 메즈가 끝나기 무섭게 반 검사가 강토의 등짝을 치며 말문을 열었다.

"예… 저는 무슨 일이 일어난 건지?"

강토는 말을 아꼈다.

"기분 나쁘게 생각하지 말고 잘 들어. 실은 말이지……"

반 검사가 운을 뗄 때였다.

장철환의 핸드폰이 벨을 울려댔다. 그 통에 반 검사가 말을 멈췄다.

"아, 미안!"

장철환이 전화를 받았다. 그러고는 바로 얼굴이 굳어버렸다. 좋지 않은 일이 생긴 눈치였다.

"미안하게 되었네. 식사는 다음 기회로 미뤄야겠어."

장철환이 심각하게 말했다.

"급한 일이라도?"

"모친께서 병원에서 퇴원하지 않으셨나? 수술이 불가능해서 집으로 모셨는데 위독하신 모양이야. 나오지 말고 오늘은 반 검사가 나대신 이강토의 수고를 위로해 주시게나."

"제가 모시겠습니다."

"아니야, 그럴 수는 없지. 미안하네!"

장철환은 강토의 어깨를 두드려주고 문을 나갔다. 영문을 모르는 강토는 반 검사를 바라보았다. 느닷없는 자리에서 일어난 또 다른 느닷없는 일. 의문이 풀리는 게 아닌 쌓인 꼴이 되고 말았다.

"앉지?"

어정쩡하게 서 있던 반 검사가 먼저 자리를 잡았다.

"무슨 일이신지?"

강토가 물었다.

"장 고문님 모친께서 뇌질환을 앓고 계신데 수술불가능 판정을 받으셨어. 그래서 집에서 가료 중이셨는데……."

"뇌질환요?"

"그 얘기는 그만하지."

반 검사가 술병을 들었다.

"혹시 제가 도움이 될 수 있을까 싶어서요."

"강토 씨가?"

반 검사가 고개를 들었다.

"별건 아니지만 뇌파로 가벼운 뇌 치료 같은 건 할 수 있거든요."

"뇌파?"

"설명하기는 어렵지만……."

"진짜야?"

반 검사가 강토를 향해 돌아앉았다.

"예… 그러니……."

"으음… 뭐 그렇다면… 하지만 이 일은 어디 가서 발설하면 안 돼. 고문님 최측근들만 아는 일이니까."

"그러죠."

"고문님 모친 병명은 루이체 치매야."

"루이체 치매요?"

"치매의 일종인데 루이체라는 물질이 뇌에 많이 퍼져서 손 쓰기 어려운 모양이야."

루이체?

단어를 듣는 순간 머리가 반응을 했다.

동시에 어렴풋이 형체가 스쳐갔다. 마치 하나의 데쟈뷰를 보는 것 같았다.

"그분 제가 한번 볼 수 없을까요?"

"응?"

놀란 반 검사가 눈을 동그랗게 떴다.

"위독하신 분이라면 밑져야 본전 아닙니까?"

"그렇게 자신이 있는 거야?"

"장담은 못 합니다. 하지만……."

"꿀꺽!"

"안 될까요?"

"강토 씨, 지금 무슨 상황인 줄은 알지?"

반 검사가 물었다. 다짐을 받는 것이다. 함부로 나대다가 오히려 격노를 살 수도 있다는… 그렇게 되면 신세 조질 수도 있다는…….

"보면 알 수 있을 것 같습니다. 그분에게 제가 도움이 될지 아닐지. 저는 그저 뇌파만 맞춰보면 됩니다."

"으아, 목 타네."

반 검사는 물 컵을 들더니 단숨에 비워냈다. 그러고는 자리를 박차고 일어섰다.

"좋아, 지푸라기라도 잡으실지 모르니 부딪혀 보자고."

띠뽀띠뽀!

반 검사의 차는 경광등을 켜고 폭주했다. 비장하지만 기분은 좋았다. 운전자가 검사다. 범죄 사건은 아니지만 사람의 생명과 연관된 일. 설령 경찰에 걸린다고 해도 겁날 일이 아니었다.

차는 정릉의 주택 단지에서 멈췄다. 저택의 담장 앞에 장철환의 세단이 보였다. 문이 열렸다. 강토는 육 비서를 따라 저택에 들어섰다.

"……?"

반 검사에게 말을 전해들은 장철환이 미간을 찡그렸다. 그는 한동안 강토를 바라보았다. 강토는 그 눈빛을 고스란히 받아냈다.

수술도 불가능한 중증 치매 환자.

더구나 임종 직전까지 몰린 사람.

그런 어머니를 명망 높은 의사도 아닌 애송이 젊은이에게?

누가 생각해도 코웃음이 나올 일이었다. 하지만 장철환은 오래 고민하지 않았다. 지푸라기(?)를 덥석 잡은 것이다.

"따라오시게."

그가 앞서 걸었다. 반 검사의 눈짓을 받은 강토가 그 뒤를 따랐다. 장철환의 모친은 안방에 있었다. 장철환이 주변을 정리해 주었다.

"나비야……"

병약한 모친의 입에서 믿기 힘든 단어가 새어나왔다. 파르르 들어 올린 손이 허공에서 떨었다.

"야옹, 나비야……"

모친의 헛말이 이어졌다. 나비는 훨훨 나비가 아니라 고양이인 모양이었다.

루이체 치매!

오는 길에 대략 얼개를 읽어 두었다. 이 치매에 걸리면 동물 환시를 본다. 어쩐지 마음에 끌렸다. 강토 주변에도 고양이가 끓고 있었으므로.

"부탁하네!"

친지와 모친이 나가자 장철환이 말했다. 정중한 어투였다. 강토는 고개를 끄덕 숙여 보이고 환자의 침상으로 다가섰다. 환자는 눈을 감고 있다. 옆에 있는 물을 손에 묻힌 강토, 환자의 이마에 한 방울을 떨어뜨렸다.

"......?"

환자가 게슴츠레 눈을 떴다. 병약하지만 단아한 인상은 그가 보통 여자가 아니었음을 나타내 주었다.

꿈뻑!

질긴 껍질만 남은 눈꺼풀이 닫혔다 열리는 순간, 두 손으로 환자 머리를 겨누는 척 하며 매직 뉴런을 들이쳤다.

'루이체!'

강토는 매직 뉴런의 눈을 빌어 환자의 대뇌를 들여다보았다. 보였다. 많았다. 여기저기 동글동글 달라붙어 증식한 물체들. 그것들이 뇌 곳곳을 누르고 압박하는 게 확인되었다.

'일단 맛보기!'

강토는 매직 뉴런에게 가까운 물체 하나를 찍었다.

'부탁해!'

명령을 받은 매직 뉴런들이 꿈틀거리기 시작했다. 그러자 연둣빛 물질들이 미세한 느낌으로 밀려왔다. 물질들이 루이체를 감싸고 일렁거리자 루이체가 분해되어 버렸다.

'된다!'

하나는 성공.

그렇다면 모험을 걸어볼 만했다.

'출격!'

강토는 힘찬 바람을 매직 뉴런에게 보냈다. 세력을 규합한 매직 뉴런들은 뇌를 자극해 더 많은 물질을 유도해 왔다. 뇌 전체는 곧 연둣빛 안개에 휩싸였다. 안개는 나른한 몸짓으로 뇌 주름을 쓰다듬었다. 그 길을 따라 뉴런이 움직였다. 뉴런의 길을 따라 안개가 걷혀나갔다. 루이체는 더 이상 보이지 않았다. 잡티가 사라진 것이다.

"으응?"

동시에 환자의 눈이 크게 떠졌다. 장철환이 다가섰다. 환자의 시선은 이곳저곳으로 바삐 움직였다.

"어머니!"

장철환이 환자의 손을 잡았다. 그러자 환자 역시 장철환의 손을 잡았다. 그리고… 신음 같은 목소리를 토해냈다.

"철환아!"

"어머니!"

"여긴?"

"저 알아보시겠습니까?"

"이 녀석이 누굴 놀리나? 에미가 자식을 모르면 누굴 알란 말이냐?"

"어머니!"

"물 좀 줄 테냐? 머리가 시원하면서도 띵하구나!"

"여기요, 여기 있습니다!"

흥분한 장철환은 어쩔 줄을 몰랐다. 물 한 컵을 따르면서도 절반 이상 쏟았다. 빈틈이라고는 없을 것 같던 사람. 그도 사람이었던 모양이었다.

"숙부님, 어머니 정신이 돌아왔습니다. 돌아왔다고요!"

장철환이 소리치자 거실의 일족들이 다투어 들어섰다.

강토는 장철환에게 조용한 목례를 남기고 돌아 나왔다. 할 일을 다 했으니 자리를 비켜주는 것이다.

"강토 씨!"

밖에 있던 반 검사도 흥분해 있기는 크게 다르지 않았다.

"왜요?"

강토는 별일 아니란 듯이 대꾸했다.

"강토 씨가 해낸 거야?"

"운이 좋았죠."

"으아, 이 친구 이거……."

반 검사는 강토의 양 어깨를 잡고 미친 듯이 흔들어댔다. 그사이에 의사가 도착했다. 강토가 오기 전에 주치의를 호출한 모양이었다.

"맙소사!"

안으로 들어간 의사는 가방을 떨구고 말았다.

"오랜만이네요, 윤 박사님!"

환자가 날린 인사말 때문이었다.

오래전부터 인식 능력을 상실한 환자였었다. 그걸 고쳐보려고 미국 의료진에게까지 문의를 했었던 의사였다. 그런데… 임종할 것 같다는 연락을 받고 달려온 오늘, 환자가 멀쩡하게 인사를 건네 왔으니.

"기적이 일어났군요."

간단한 체크를 마친 의사는 뒷말을 잇지 못했다.

뇌 센터 앞에는 사람들이 많았다.

강토는 몰랐다.

대한민국에 뇌 아픈 사람이 이렇게 많은 줄은. 진료를 기다리는 사람들은 더러 멀쩡해 보이기도 했고 또 더러는 시들어 보이기도 했다.

대기실 앞에 꽂힌 질병 안내문을 보았다. 뇌질환은 많았다. 치매만 해도 한두 종류가 아니었다.

이상했다.

한 번도 전문적으로 공부한 적이 없는 뇌. 그런데도 질병명이나 용어들이 낯설지 않았다.

'소변이나……'

화장실로 접어드는 커브에서 여자 둘이 소곤거리는 게 보였다. 강토가 다가가자 비밀 이야기라도 한 듯 입을 닫는다. 여자 화장실 안에서 다른 여자가 노모를 모시고 나왔다. 두 여자는 금세 표정을 바꾸며 아양을 떨었다.

"아유, 어머니, 소변이 마려우면 저한테 말씀을 하시지."

"잠깐, 잠깐, 어머니 머리가 엉클어졌어요."

두 여자는 다투어 노모를 챙겼다. 하지만 안에서 나온 여자의 표정은 풀리지 않았다.

이 여자는 딸이고 두 여자는 며느리 같았다. 강토는 두 여자 중의 한 여자의 눈을 겨누었다. 여자의 깊고 깊은 곳, 비밀의 서랍이 열렸다.

─아유, 이놈의 할망구 뒈지지도 않아.

─내가 재산만 아니면 진짜…….

─그나저나 오늘 치매 판정 안 나오면 큰일이네.

─저 똥 지린내 나는 마귀할멈 뒷수발을 어떻게 들고 살아?

비밀을 읽어낸 강토, 갑자기 오줌구멍이 막히며 소변 볼 생각이 사라지고 말았다. 상황이 머리에 그려졌다. 옷 입은 행색을 보아 대충 사는 집안의 여자들. 시어머니가 치매 판정을 받으면 재산을 어째볼 요량으로 보였다.

'어디…….'

강토는 지나가는 척하며 노모의 눈으로 매직 뉴런을 밀어 넣었다. 노모의 뇌 속은 장철환 모친과는 달랐다. 루이체 같은 물질 때문이 아니라 해마와 대뇌피질로 가는 통로가 군데군데 좁아져 버린 것.

'이것도 될까?'

궁금했다. 강토는 매직 뉴런을 믿고 신경통로를 벌려보기로 했다.

'부탁해!'

강토는 의지를 집중시켰다.

매직 뉴런들은 은빛을 뿜으며 명령을 수행했다. 의자에 앉은 할머니의 눈동자가 맑아지는 게 보였다. 주변 통로처럼 말쑥하지는 않지만 어느 정도는 해결한 상태. 강토는 시크릿 메즈를 거두었다.

'재산이나 노리는 것들은…….'

망해도 싸지.

강토는 노모의 건승을 빌었다. 그녀의 의지가 발동해 주기를. 그리하여 허튼 꿈을 꾸는 며느리들에게 경종이 되기를.

"마셔!"

진료실로 들어가는 노모를 바라보는 사이에 반 검사가 커피를 내밀었다. 자판기 커피가 아니라 커피 전문점 것이었다.

"황송한데요?"

진심이었다. 그는 무려 현직 검사가 아닌가?

"그냥 선배라고 생각해."

"아무튼 고맙습니다."

"아직 안 나오셨나?"

반 검사가 또 다른 진료실을 바라보았다. 장철환이 주치의

와 상담 중인 방이었다. 그 앞 복도는 비서진과 친지들이 서 있었다.

강토와 반 검사는 장철환을 따라왔다. 장철환이 강토를 원했기 때문이었다. 그는 앰뷸런스에서도 강토를 모친 옆에 앉혔다.

부탁하네.

그의 시선은 의사보다 강토에게 꽂혀 있었다.

기대에 부응하듯 강토는 모친에게서 눈을 떼지 않았다.

병원으로 이송 후에도 장철환 모친의 상태는 나빠지지 않았다. 혹시나 일시적인 현상으로 정신이 돌아온 것인가 하던 의료진들도 모친의 상태를 현실로 받아들이는 눈치였다. 몇 가지 응급 검사도 정상으로 나왔고 정밀검사 또한 현재까지는 나쁘지 않은 모양이었다.

"강토 씨 의사되지 그랬어?"

반 검사가 웃었다.

"의대에서 받아줘야 말이죠."

바로 응수해 주었다.

"하긴……. 우리나라 의사가 그렇지? 나도 그게 좀 궁금해. 왜 머리 좋은 사람만 의사가 되어야 할까?"

"검사님이 그런 말 하면 남들이 욕합니다. 검사도 마찬가지 아닌가요?"

"그런 편이기는 하지만 의사보다는 아니지. 법대가 의대보다

수능점수가 약하니까."

"그렇긴 하네요."

강토도 웃었다. 지푸라기(?)를 잡으면서 둘은 조금 더 친해졌다. 둘 다 장철환의 전폭적인 신뢰를 얻게 된 것이다.

전에는 사무적이던 반 검사의 표정도 조금씩 풀어지고 있었다.

"아무튼 진짜 큰일 했다. 장 고문님 모친, 보통 분이 아니라는 거 알아?"

"예? 모친도 그렇게 대단하세요?"

"하핫, 모르는구만. 저분이 우리나라 근현대사의 숨은 주역이시잖아? 나아가 여자의 몸으로 킹 메이커이기도 하셨고."

"킹 메이커요?"

"막후로 물러난 지 꽤 되셨지만 20여 년 전만 해도 굉장했지. 원래 고명한 교육자시라 정관계에 진출한 지도자 제자들만 해도 셀 수가 없거든."

"아……."

"지금도 인사철만 되면 저분 생각하는 분 많지."

"……."

"그런 분이신데 치매 때문에 망가지니 장 고문님 심정이 어땠겠어? 미국부터 독일의 의료진까지 백방으로 쑤셔도 도움이 되지 못했던 일인데……."

"……."

"강토 씨, 볼수록 매력적인 사람이네?"

"별말씀을……"

"아무튼 잘 됐어. 고문님이 강토 씨를 마음에 들어 하는 것 같으니."

"원래는 안 좋아했군요?"

"뭐 그렇다기보다 사람 믿으려면 시간이 오래 걸리잖아? 겪어봐야 아는 게 사람이니까."

"그거야 저도 마찬가지죠."

"하지만 예외도 있지. 첫눈에 빽 가듯이 믿음이 가는 사람……"

반 검사가 커피잔을 쓰레기통에 넣을 때 장철환이 복도로 나왔다. 반 검사와 강토는 자동으로 의자에서 일어섰다.

장철환의 표정을 보고 강토는 알았다. 치매에 작렬한 시크릿 메즈는 성공이었다.

'시크릿 메즈……'

이제는 경외감까지 느껴졌다.

이 스킬… 이제 보니 천하무적이었다. 소리 없이 사람을 죽일 수도 있었다. 사람을 잠시 무의식에 빠뜨릴 수도 있다. 아예 작심하고 뇌신경을 압박한다면? 혹은 신경전달물질을 폭발적으로 증가내지는 스톱시켜 버린다면? 이건 법적인 증거도 남지 않을 일이었다.

부수적으로는 사람을 반신불수나 식물인간으로 만들 수도

있다. 원하는 부위의 혈관을 터뜨리면 그만이었다.

뇌출혈이 그렇지 않은가? 터져 나온 혈액의 압박으로 산소가 차단되는 부위. 그 부위에 따라 온갖 부작용이 나는 것이므로.

그 외에도 많았다. 사람의 기분을 좌우할 수도 있고 공포와 행복을 조절할 수도 있다. 고개를 드니 작은 의자에 앉은 한 할아버지가 보였다. 관절이 아픈지 이리저리 주무르며 고통에 겨운 얼굴이었다.

'도파민!'

강토는 할아버지의 뇌에 도파민 분비를 살짝 높여주었다. 할아버지는 금세 환한 표정으로 바뀌었다. 잠시지만 큰 위안이 될 것 같았다.

잠시 후, 장철환이 육 비서관에게 지시를 남기고 강토 쪽으로 왔다.

"어떻습니까?"

반 검사가 물었다.

"최고야. 치매 증세가 거의 사라졌다는군."

장철환은 강토를 바라보며 뒷말을 이었다.

"자네 덕분일세. 내 이 은혜 잊지 않겠네."

"별말씀을……."

"의사들에게 자네 얘길했더니 놀라더군. 뭐 보아하니 별로 믿는 눈치도 아니었지만."

"……."

"잠깐 병실로 가세. 어머니가 자넬 보고 싶다시는군."

"저요?"

강토가 고개를 들었다.

"왜 아니겠나? 아마 당신이 젊었으면 뽀뽀라도 해주고 싶으실 걸?"

장철환은 흐뭇하게 강토의 등을 밀었다.

"정말 고마워요, 젊은이!"

1인실에 누운 장철환의 모친이 손을 내밀었다. 강토는 그 손을 잡아주었다.

"나는 늙었으니 동파 자네가 나대신 은혜를 갚아주시게나."

모친은 장철환의 주의를 환기시켰다.

"최선을 다해 보답하겠습니다."

장철환의 목소리는 진솔하게 들렸다. 강토는 인사를 마치고 병실에서 나왔다.

"고맙네!"

한 번 더 치사가 이어졌다.

"어머니는 며칠 가료하면서 정밀검사가 필요하시다니 병원에 맡기고 우린 이제 어디 가서 아까 하던 얘기나 계속할까?"

반 검사가 합류하자 장철환이 말했다.

"그래도 되겠습니까?"

"우리 어머니, 공사를 제대로 구분하는 분이거든."

장철환이 잘라 말했다.

＊　　　＊　　　＊

"한 잔 받게나!"

일식집 내실에 자리를 잡은 장철환이 술병을 내밀었다. 강토는 반 검사에 앞서 잔을 받았다. 장철환의 마음 일단을 보여주는 일이었다.

"쭉 드시게!"

술을 권하는 얼굴에 시크릿 메즈를 날려보았다. 그의 마음은 변했을까?

―이 친구 복덩이로군.

―전화위복이라더니 차 박사보다 적합하지 않은가?

―사람 됨됨이가 이러니 믿어도 좋을 것 같고…….

강토에 대한 신뢰도는 최상급으로 높아져 있었다. 시크릿 메즈가 시간을 당겨준 것이다.

서로 몸으로 겪으며 알게 되는 희노애락의 시간을. 강토는 고개를 살짝 돌리고 술을 넘겼다. 청주라서 그런지 목 넘김이 좋았다.

"술 맛 나는군. 참 오랜만이야."

장철환은 빈 잔을 보며 감회에 젖었다.

"축하드립니다."

반 검사가 고개를 숙였다.

"그러고 보니 반 검사도 보물이군. 이강토 같은 은인을 찾아 냈으니."

"무슨 그런 말씀을……."

"아니면? 이만한 사람을 어디에서 구한단 말인가? 다들 실력 자네 전문가네 해봤자 뚜껑을 열고 보면 다 줄 타고 올라온 요 령주의자들이건만……."

"……."

"이강토 군!"

반 검사를 향하던 장철환의 시선이 강토에게 옮겨왔다.

"예……."

"우리 이 정도면 서로 막역한 사이가 아닌가? 나는 자네 부 친을 살렸고 자네는 내 모친을 살렸으니."

"……."

"아, 내 정신, 아직 설명 전이었군."

질러나가던 장철환이 무릎을 쳤다. 강토는 담담하게 장철환 을 주시했다.

"인수합병 건부터 시작해야겠군. 짐작했겠지만 그건 강토 군을 테스트한 거라네."

테스트?

강토는 살포시 떨리는 눈매를 진정시켰다.

"그럼 그 일이 전부?"

"오해는 마시게. 그렇다고 해도 인수합병은 짜고 친 고스톱이 아니라 진짜 판이었네. 그 정도는 되어야 능력을 판별할 수 있을 것 같아서 이성표에게 부탁을 했지. 결국 이성표는 원하던 매물을 잡고 나는 자네를 잡은 셈이 되었군."

"……"

"그가 얼마를 써넣었는지 궁금하지 않나?"

"……"

"4,230억이라고 하더군. 자네가 말한 금액에서 1원도 더하거나 덜하지 않았으니 그 꾼도 자네 감을 100% 믿었다는 증거가 아닌가?"

"그럼……?"

"칼을 들고 난동을 부린 괴한 말인가?"

장철환의 입가에 엷은 미소가 스쳐갔다.

"그 또한 테스트였습니까?"

강토가 물었다.

"미안하지만 그렇네. 하지만 그 칼은 드라마 소품으로 쓰이는 거였네. 찌르면 안으로 들어가는……."

"입찰은 이해가 갑니다만 괴한까지는……."

"자네의 인간성을 보려는 거였지. 곤경에 처하면 의리고 뭐고 자기만 살려는 세상이 아닌가?"

'시험……'

"사실 자네 신상조회는 세밀하게 끝난 후였네. 컨설팅 회사

를 갖는 게 꿈이라는 것까지 알고 있지. 하지만 내가 하려는
일이 워낙 중요한 일인데다 뭐든 실전이 중요하다 보니……."

"두 분은 어떻습니까?"

듣고 있던 강토가 되물었다.

─당신들은 믿을 만한가요?

나지막하게 되받은 소리가 장철환의 정곡을 찔렀다.

"날카롭군."

장철환이 웃었다. 그런 다음 대답을 내놓았다.

"자네는 이미 내 모친의 은인이지. 앞으로 내 식구처럼 챙기
겠네. 그러면 나를 믿을 수 있겠나?"

내 식구!

그 단어에 힘이 실렸다. 나쁘지 않았다.

"제가 필요한 일은 무엇입니까?"

더 이상 돌지 않고 돌직구를 날렸다. 이제는 상대가 인정할
만한 실력을 갖춘 강토. 비굴하게 한자리 달라고 비벼댈 입장
이 아니었다.

겸손하지만 비굴하지 않은 시선. 그 시선이 거물 장철환의
눈과 마주치고 있었다.

"일단은 인물 검증일세."

'인물 검증?'

"한국에는 인물도 많지만 막상 등용하려고 하면 하자가 너

무 많아 인사권자에게 치명타가 되고 있네. 하지만 도덕적 검증은 현재의 시스템상으로 한계가 있지. 해서 자네가 중요한 인사에서 이중 가면을 쓴 후보자들의 도덕성을 걸러줬으면 하네만."

"……!"

강토의 신경이 살짝 곤두섰다. 익히 듣던 말이었다. 누구누구 장관 후보와 총리 후보, 기타 국회의원 후보들까지 검증대에 올라서면 줄줄이 낙마한다.

성추행부터 논문 대필, 세금 체납이나 병역 문제, 숨겨둔 자식까지…….

털어보면 똥물이 너무 튀는 것이다.

"곧 이 정부의 집권 후반기가 시작될 거네. 초반에는 인물 검증에 실패하는 바람에 각료 임명에 잡음이 많았지. 덕분에 집권 초 총선에서 야당에 참패……. 더불어 국정 수행도 삐걱삐걱……."

"……."

"바른 인물을 세우는 것, 국민의 지지를 받는 기본이자 중대한 일이라네. 그저 자리나 탐하는 인사가 들어오면 그 부처는 대략 10년을 후퇴하게 마련이니까."

"네……."

강토는 고개를 끄덕였다. 국민은 정치에 혐오를 느끼지만 정작 사회의 방향성과 권력을 쥔 자들은 그들이었다. 자칫 짜고 치는 고스톱으로 정경유착을 해서 악법이라도 만들라치면 온 국민이 피해를 입고, 잘못된 정책 결정으로 수조를 날리면 국민들이 혈세의 피를 보는 판이다.

"나아가 집권 초기부터 수많은 투서와 진정들이 들어와 있네. 초기에는 대화합 차원도 있고 정치 보복이다 뭐다 하는 오해가 나올까봐 그냥 넘겼지만 마냥 그럴 수만도 없는 일이지."

"……."

"대통령도 고민이 크시다네. 그들 중에는 혈연도 있고 인연이 닿는 사람도 많으니 공개 감사나 검증에 나서는 것도 쉽지 않고……."

"……."

"자네 가족도 그런 류의 피해를 입은 것으로 아네만… 그래서 말인데… 어떤가? 무관심보다야 그 판에 뛰어들어 능력을 발휘해 보는 게?"

"제가 그런 일을 할 자격이 있을까요? 그런 건 특검 같은 사람들이 해야 할 일 같은데……."

듣고 있던 강토가 소감을 피력했다. 덥석 물 제안이 아니었다.

"병행이 될 걸세. 하지만 법은 사생활이나 생각까지 관여하지는 못한다네. 그에 비해 인물 검증은 그런 것까지 요구하지. 맑고 깨끗한 도덕성에 진취적인 사고로 존경받을 인물……."

장철환이 뒷말을 흐렸다. 표정도 살짝 어두워졌다. 현실 때문이었다.

청와대!

인사검증시스템을 가지고 있다. 그 시스템으로 인물들을 걸러낸다. 하지만 명백한 한계가 있었다.

차 박사를 생각했다. 만약 차 박사가 총리나 과기부 장관으로 청문회에 나간다면 어떤 일이 예상될까? 당장 오서영이 떠올랐다. 그때는 신분을 몰랐던 오서영. 그러나 뜨겁고 짜릿하게 살을 섞은 남자가 화면에 나오면 생각이 달라질 것이다.

상당 수 사람들은 쩐을 요구하고 나선다.

—너 그거 까면 끝장이야. 안 깔 테니까 내 입 좀 막아줘.

요구액이 터무니없다. 거절하면 다음 과정으로 넘어간다.

—투서나 제보.

완벽한 태클이다. 인사권자와 대상자 둘 다 폭망이다.

결국 차 박사는 총리나 과기부 장관이 될 수 없다. 오서영의 입을 막지 않는 한.

"그래서 차 박사에게도 그런 오더를 줬었다네. 검증 대상자가 눈치채지 못하는 거짓말 탐지기류의 기계나 뇌파 감지기 같은 거 말일세."

"……."

"좀 복잡한 과정을 거쳐 왔지만, 그 결과물이 자네라고 생각하네만."

"……."

"그러니 당연히 자격이 있지 않겠나?"

"고문님……."

"어렵게 생각할 것 없네. 자네의 뇌파가 모든 사람에게 통하는 게 아니라는 것도 알고 있고… 자네가 검증하지 못하는 일은 다른 사람들이 협력해 처리할 걸세. 자네는 자네 능력만 발휘하면 되네."

"……."

"어떻게 보면 대통령과 내 입장에서는 차선의 선택이 된 셈이네. 그러니 자네도 힘을 보태주기 바라네. 우리의 이 시도가 깨끗한 공직자와 기관장을 가려내는 초석이 될 수 있도록."

"……."

"얼떨결에 얘기를 다해버렸군. 이제 자네 처분만 바랄 판이야. 평양감사도 저 싫으면 그만이라고 했던가? 하지만 잘 생각해 보게. 자네의 그 능력… 국가 지도층의 검증보다 더 가치 있는 일이 있을지?"

"……."

"자리는 청와대 행정관으로 마련해 주겠네. 가시적 효과가 나오면 국장급으로 승진하게 될 테고……."

청와대!

가슴이 철렁했다.

행정관!

한 번 더 철렁했다.

꿈일까? 행정관이면 적어도 5급이나 4급 고위직.

청와대 안에서야 튀는 직급도 아니겠지만 강토 또래들 사이에서라면 선망의 대상이 되고도 남았다. 더구나 청와대 아닌가?

'하지만……'

설렘은 거기서 세워 두었다. 강토의 이성은 반대편으로 돌아나갔다. 청와대에서 일하게 되면… 그저 소모품이 될 뿐이다. 장철환이 실세라고 해도 대통령과 함께 떠날 사람. 강토는 전적으로 장철환이 발탁한 인물임으로 함께 짐을 쌀 공산이 높았다.

혹 그렇지 않다고 해도, 그저 인물 검증을 할 뿐이다. 자칫하면 천지사방에 권력형 적을 만들어놓는 일. 그러면서도 자신의 자주권은 별로 없을 일…….

'매력 없군.'

강토는 내심 고개를 저었다. 평범한 이강토였다면 물고 또물 대박 제의였다. 그야말로 가문의 영광이 아닌가? 하지만 시크릿 메즈를 소유한 이강토에게는 큰 매력이 없었다. 남의 밑에서 시키는 일이나 하는 건 매직 뉴런에 대한 예의가 아니었다.

시크릿 메즈라면,

누구의 쫄이 되는 건 가당치 않았다. 그 누구가, 누구라도 마찬가지였다.

하지만!

다리 하나는 걸쳐놓기로 했다. 장철환은 권력자. 그의 파워
나 배경도 필요하지만 강토 역시 스펙이 필요했다.

아버지의 일도 그렇고, 청와대 근무경력과는 달리 청와대의
인물 검증 작업에 참가했다는 스펙은 강토에게 공신력이 될
수 있었다.

"고문님!"

결론에 닿은 강토가 고개를 들었다.

"결정하셨나?"

"미력한 저를 그렇게까지 생각해 주시니 고맙습니다. 작은
힘이나마 고문님을 도울 수 있기를 희망합니다."

"고맙네!"

수락으로 해석한 장철환이 손을 내밀었다.

"아니, 제 말은 그게 아니라… 고문님을 돕되 청와대에는
들어가지 않겠다는 뜻입니다."

"……?"

주춤, 장철환이 손을 거두었다.

"제 독심술이 좀 까다롭습니다. 청와대는 대통령까지 모시
는 곳이니 긴장이 되어 잘 될 것 같지 않아서……."

"허어!"

"해서… 외부 전문가로써 저를 부르시면 어떨까합니다. 말

하자면 용역 식으로… 그렇게 하면 더 좋은 효과를 낼 것 같습니다."

"행정관이 약소해서 그런가?"

"아닙니다. 직은 충분히 과분합니다. 말씀드린 바대로 독심술이라는 게 분위기에 많이 좌우되는 것이라……."

한 번 더 거절했다. 청와대 안, 눈에 보이지 않지만 대한민국 최고의 권력 패권의 장이다. 그 분위기를 모를 장철환이 아니었다.

"잠깐만, 곧 전화가 올 것이니 받고 나서 생각해 보시게."

장철환이 시계를 보며 말했다.

'전화?'

강토는 장철환이 전화를 기다리는 줄 알았다. 혹시 '그분'의 오더가 내려오는 건가 싶었지만 요란을 떤 건 강토의 핸드폰 진동 모드였다.

부르릉, 부르릉!

진동이 울었다.

"받아보시게."

눈치를 챈 장철환이 말했다. 발신자는 이성표였다. 어려운 자리라 전화를 끄려하자 장철환이 통화를 권했다.

"여보세요."

강토가 전화를 받았다.

"강토 씨? 아버지 바꿔줄게."

이런저런 설명도 없이 전화의 목소리로 아버지로 바뀌었다.

"강토냐?"

"아버지?"

"현장에 복귀하게 생겼다. 보아하니 네가 앞뒤로 부탁을 한 모양인데……."

아버지는 잠시 감정을 다스린 후에야 말을 이었다.

"고생했다."

"잘하실 거예요."

"그래야지, 다시 캄보디아에 학교를 지어야지."

캄보디아!

무엇보다 반가운 말이 아닐 수 없었다.

"예……."

"끊는다."

짧은 한마디와 함께 아버지의 목소리가 멀어졌다.

그 목소리 덕분에 강토의 가슴은 이미 따끈하게 데워져 있었다.

"이성표지?"

장철환이 물었다.

"예……."

"그래도 자네 생각은 변하지 않았나?"

장철환의 눈빛은 묵직했다.

나 그런 사람일세!

눈빛이 그런 말을 하는 것 같았다. 그렇다면 이 전화는 예정되었던 일······.

이성표와 장철환······.

어떤 프로그램으로 움직인 건지는 모르지만 여하튼 강토와의 약속을 지켰다. 그걸 담보로 강토에게 재검토를 묻는 게 분명했다. 강토, 어쨌거나 장철환의 배려에 고마움을 느꼈다. 그래서 잠시 마음이 흔들렸지만,

"죄송합니다."

동요가 커지기 전에 다시 쐐기를 박아버렸다.

"허어!"

"······."

"자네 생각이 그렇다면 별수 없지. 자네 말대로 꼭 내 옆에 있어야만 되는 것도 아니고······."

"이해해 주셔서 고맙습니다."

"아닐세. 자네가 마음에 들다보니 내가 욕심을 부린 것 같네. 자네 능력이라면 동서남북 사방팔방 할 일이 많을 텐데 청와대에 눌러 앉힐 수야 없겠지."

"······."

"그럼 서둘러서 스케줄을 변경해야겠군. 시급하게 자네가 도와줘야 할 건이 있어서 말이야."

"예······."

"청와대 출장 올 준비나 하고 계시게."

"알겠습니다."

"그리고… 이건 좀 받아줘야겠네."

마무리 단계에서 장철환이 뭉치를 꺼내놓았다.

"뭐죠?"

"사례금일세. 우리 어머니를 살려준."

"고문님!"

"청와대 스카웃을 거절했으니 이건 거절하면 안 되네. 목숨값을 돈으로 보답할 수 있을까만은 어떻게든 성의는 표해야겠기에……."

"받을 수 없습니다. 그건 그저……."

"안 받으면 반 검사가 자넬 체포할 지도 모르네."

"예?"

"의사 면허도 없는 사람이 환자를 치료했으니 의료법 위반이 아닌가? 그렇지 반 검사?"

장철환이 반 검사를 바라보며 동의를 구했다.

"당연하죠."

반 검사가 웃었다. 강토는 별수 없이 뭉치를 받아들었다.

부릉!

곧 연락한다는 언질을 두고 장철환과 반 검사가 떠나갔다. 혼자 남은 강토가 뭉치를 열었다.

"……!"

5만 원 권 뭉치 여섯 개였다. 거금 3천만 원.

3천만 원 위에 청와대 그림이 아른거렸다. 입김을 불어 신기루를 날려 버렸다. 그런 다음 지하철에 올랐다. 바다로 가는 아버지. 선장복이 필요할 것 같았다.

그 옛날……

대학에 들어간 후에 교도소 면회를 갔을 때였다. 아버지는 꼬깃꼬깃 모아둔 영치금을 강토에게 건네주었다. 원래는 안 되는 일이지만 교도관에게 부탁을 했던 모양이었다.

30만 원이었다.

강토는 학생이라 신경 쓰지 못했던 일. 그러나 아버지에게는 아버지를 따르는 부하직원들이 있었다.

그들이 십시일반 넣어준 내의며 특식비를 쓰지 않고 강토에게 내밀었던 아버지…….

"너는 특별하니까 남들 흔히 입는 감색이나 검은색 양복 말고 체크를 사거라."

청색 체크 스트라이프의 회색 양복.

친구들은 대개 검은 색 계열을 사는 분위기. 그래도 아버지의 말에 따랐다. 결과는 초대박이었다. 개성 없는 검은 계열 양복 속에서 제대로 튀었던 것이다.

그런 아버지였다. 그 아버지가 다시 컴백하게 되는 판에 어찌 그냥 있을 것인가? 돈이 없다면 급전을 대출받아서라도 마련할 강토였다.

강토는 백화점 앞에서 내렸다. 솔직히 아버지 스타일은 아니었다. 아버지는 명품을 좋아하지 않는다.

양복도 언제나 떨이 재고정리표 10—20만 원짜리가 전부였다.

'아버지……'

강토는 브랜드 양복점 앞에 멈췄다. 거침없이 매장 안으로 들어섰다. 아버지는… 이따위 명품쯤은 입고도 남을 자격이 있었다.

왜냐고?

바로 이강토의 아버지니까.

남자는 쪽 팔리면 안 된다는 걸 잘 아는 사람이니까.

강토는 300만 원을 아낌없이 질렀다. 강토에게 권했던 것처럼 체크무늬가 들어간 감색 슈트였다. 넥타이는 고급스러운 붉은 계열, 차이나 레드로 골랐다.

양복을 전신거울에 비춰보았다. 거울 안에 아버지가 보였다.

'우리 부자, 함께 새 출발하는 거예요!'

강토가 속삭였다. 거울 안에서 아버지가 웃었다. 강토도 웃었다.

*　　　　*　　　　*

아버지가 새 양복을 입었다. 강단으로 올라갔다.

짝짝짝!

박수가 쏟아졌다. 다물ENG의 대표이사가 되는 순간이었다. 떠났던 바다로 돌아오는 순간이었다.

짝짝짝!

강토도 박수를 쳤다. 그리고… 또 몇 사람… 아버지가 단상에서 내려오기 무섭게 달려드는 사람들이 있었다.

"이 사장님!"

"우어엉!"

남자들이 울었다. 아버지와 함께 동거동락했던 엔지니어들이었다.

더러는 다른 회사에서 일하다가 온 사람도 있었고 또 일부는 백수로 있다 달려온 사람도 있었다. 그들은 아버지를 도울 예정이었다. 그저 아버지가 일선으로 나온다는 말만 듣고 달려온 사람들.

강토는 보았다.

아버지의 위엄.

격랑을 헤치며 나아가던 선장을 믿는 선원들은 주저가 없었다.

그들 숲에 둘러싸인 아버지 얼굴에는 그늘이 없었다. 이제는 책임감과 의욕이 탱천할 뿐.

"어이, 백수 아들!"

인사를 끝낸 아버지가 강토를 불렀다.

"백수라뇨? 삐 컨설팅 대표라니까요!"

강토가 우겼다.

(삐 컨설팅!)

Brain consulting의 약자였다. 아직 사무실을 낸 것도 아니지만 이름만은 먼저 지어놓은 강토였다.

"그 B는 백수의 ㅂ지?"

아버지가 웃었다. 자기의 바다로 돌아온 아버지의 미소에는 그늘이 없었다.

"뭐 그렇다고 하세요."

"아무튼 고맙다. 두루두루……."

"뭘요. 대신 학교 열심히 짓는 거 잊지 마세요."

"그래. 지금은 허울 좋은 대표에 불과하겠지만 전의 일을 반면교사로 삼아 차근차근 일궈나갈 거다."

"아버지는 할 수 있을 거예요."

"컨설팅하다가 일감 없거든 오거라. 노가다형 일당 알바는 얼마든지 시켜줄 테니까."

"아버지야 말로 경영 잘 안 풀리면 저한테 컨설팅하세요. 아버지라고 깎아주지는 않겠지만요."

"네가 기업 컨설팅도 할 수 있단 말이냐?"

"경우에 따라서는요."

"허어, 우리 아들이 사회학 전공한 줄 알았는데 나 몰래 경영학 복수전공이라도 했었나?"

"그게 뭐 꼭 학교에서만 배우는 건가요? 언제는 사회가 가장 좋은 학교라더니……."

"어이쿠, 우리 아들이 훌쩍 거물이 된 느낌인데?"

"당연하죠. 저 앞으로 보기 힘들 테니까 실컷 봐두세요."

"그런 의미에서 식사나 한 끼?"

"저보다 저쪽 분들 챙기시는 게 대표의 도리일 것 같은 데요?"

강토는 아버지의 옛 부하들 쪽으로 시선을 돌렸다.

"오냐, 나중에 찐하게 한잔하자. 회사 전반에 대한 파악도 해야 하고……."

"파이팅입니다!"

"그래, 너도 파이팅이다!"

아버지는 주먹을 불끈 쥐어 보이며 부하들 쪽으로 돌아섰다. 뒷태도 반듯하다. 의욕에 불타는 사람. 그런 사람은 뒷모습까지도 아름답다는 거, 강토는 처음으로 느꼈다.

공원에서 하늘을 보았다. 늘 답답해 보이던 하늘은 툭 터져 있었다. 덕규가 오려면 조금 일렀다. 잠시 생각에 잠겼다.

우선순위!

그걸 생각해 보았다. 먼저 꼽힌 건 청와대 장철환이었다.

그는 곧 미션을 줄 것이다. 닥치고 그것부터 해결해야 했다.

'그다음은…….'

이성표였다. 그는 아버지의 동맥을 쥐고 있다.

옵션으로 걸린 것들을 해결해야 한다.

그는 인수합병 사냥꾼이니 그걸 이용할 생각이었다. 더구나 그는 이미, 강토의 신들린 능력을 아는 상태였다. 다행이 그에게서 만나자는 연락도 와 있는 상태였다.

거기까지 끝나면 아버지의 주변 청소에 돌입한다.

노중권과 김광술!

원래 땄던 돈 잃으면 더 속이 아픈 법.

그 말이 맞다면 김광술은 아버지를 벼르고 있을 참이다. 그걸 차단해야 했다. 나아가 노중권은 원초적 단죄가 남아 있었다. 아니, 시작도 하지 않은 판이었다. 생각에 잠겨 있을 때 노숙자 한 사람이 다가왔다.

"학생, 돈 있으면 천 원만 주지. 배가 고파서⋯⋯."

땟물이 꼬질거리는 손이 강토 코앞에 와 있었다. 동냥을 하려면 손이라도 좀 씻고 다니지. 엉덩이를 걷어차 주고 싶었지만 재미난 생각이 떠올랐다.

"만 원 줄 테니까 심부름 좀 하세요."

"뭐?"

노숙자는 고개까지 들이댔다. 솔깃한 모양이었다.

"가서 컵라면 하나 하고 담배 한 갑 사오세요. 컵라면하고 담배예요."

"오케이!"

만 원을 받아든 노숙자는 신이 나서 돌아섰다. 강토는 그

뒷모습에서 눈을 떼지 않고 있었다. 노숙자에게 특별한 실험을 하고 있는 까닭이었다.

'기억 교체!'

강토가 시도한 시크릿 메즈는 그것이었다. 이제 기억의 서랍 뒤지기는 일도 아닌 강토. 아예 기억의 서랍을 바꿀 수도 있는지 실험하는 것이다.

'온다!'

노숙자를 집중했다. 그는 헤실거리며 다가와 심부름 목록을 내놓았다.

'마른 오징어와 소주!'

"사 왔어."

봉지 안에서 나온 건 오징어와 소주가 맞았다.

빙고!

강토는 혼자 주먹을 불끈 쥐었다. 컵라면과 담배를 까마득히 잊어버리고 강토가 교체한 기억대로 마른 오징어와 소주를 사 온 노숙자였다.

'아직 하나가 남았지.'

이번에는 만 원이었다. 만 원을 옵션으로 걸었던 강토의 심부름. 그 옵션을 천 원으로 바꿔치기한 것이다.

"천 원 준다고 했지? 내놔!"

노숙자가 손을 내밀었다.

"천 원 대신 이거 어때요?"

강토는 오징어와 소주를 흔들었다. 노숙자는 반색을 하며 그걸 받아들었다.

뻑!

꼴꼴꼴!

걸어가면서 병나발을 부는 노숙자.

꼴꼴꼴!

소주 소리가 저렇게 기분 좋게 들리기는 처음이었다.

기억 바꿔치기!

그 또한 불가능하지 않았다.

—비밀의 서랍열기.

—기억 바꿔치기.

—호르몬 조절.

—신경전달물질 강약 조절.

매직 뉴런으로 가능한 일은 그밖에도 많았다.

중뇌를 압박해 시각이나 청각을 중단시킬 수도 있고, 소뇌를 통해 몸의 균형을 깰 수도 있었다.

숨뇌를 조이면 호흡이 곤란해 쓰러질 수도 있다. 즉, 뇌에서 일어나는, 뇌 기능과 관련된 거의 모든 것들 행할 수 있는 것이다.

강토는 이제 그것들을 다 자기 것으로 만들었다. 타인의 뇌를 주물러 뇌 색깔을 절망과 희망으로 바꿀 수 있는 남자. 이름하여 진정한 뇌색남…….

"형!"

오래지 않아 덕규가 나타났다.

"마셔!"

그가 캔 커피를 내밀었다.

"땡큐, 그런데 그만두면서 뽀린 건 아니겠지?"

"뽀린 건 아닌데 유효기간이 오늘까지."

"푸풋!"

뽁 하고 따서 마시던 강토가 커피를 뿜었다.

"순진한 척하기는… 처음 아는 것도 아니면서 왜 그래? 편의점 다니면 이 재미지."

덕규는 아무렇지도 않은 듯 커피를 마셨다.

하긴 그랬다. 편의점 다니는 재미 중의 하나가 그것이었다. 편의점은 유효기간이 다 된 식품을 버린다. 대부분 알바생들 뱃속(?)에 버린다. 알바생들이 가져가서 먹거나 아는 사람에게 나눠주기 때문이었다.

"아버지 취임하셨어?"

덕규가 물었다. 아버지 선물로 산 양복을 들고 헤죽거리던 강토를 보았던 덕규였다.

"그래."

"형은 좋겠다."

"후회되냐?"

"뭐가?"

"우리 아버지 회사 취업 마다하고 나랑 일하겠다고 한 거."

강토는 다시 캔 커피를 집어 들었다.

취업 얘기는 이미 나누었다. 덕규가 원하면 아버지에게 신입 사원직을 알아봐 줄 생각이었다. 하지만, 덕규는 강토가 만들 삐 컨설팅을 택했다.

"그게 뭐?"

"지금이라도 바꿀 수 있거든."

"싫어, 난 형하고 일할 거야."

"나랑 일하면 망할 수도 있어."

"그럼 경험은 남겠네."

"월급도 없을 수 있고."

"내가 알바하다 돈 떼인 게 뭐 한두 번이야?"

"너네 엄마 너 취직하길 목 빼고 기다리는 건 어쩌고?"

"그래도 형하고 있으면 마음이 놓인대. 형 사주가 내 인생의 구세주라고 그랬거든. 그건 마고 아주망도 마찬가지잖아?"

마고 아주망!

청량리 뒷골목에 남은 제주도 출신 점집 아줌마다.

강토네 벙커에서 가까운 골방이다.

90년 대 이십 대 때에는 정치인들까지 몰려왔다던 신기의 사주쟁이. 그러나 그녀 역시 세월의 바람 앞에 사위고 또 사위 었다. 해서 지금은 손님 대신 파리만 들끓는다. 테이크아웃 커 피 한 잔 사가면 뭐든지 봐주는 아줌마. 그런데 정작 아줌마는 아니다.

30대부터 흰머리 투성이라 별명이 묻어와서 그렇지 엄연한 노처녀에 속한다.

"야, 그건 그냥 재미로 한 말이지."

"내가 믿으면 그만이야."

"허얼!"

"형, 그 아줌마 소원이 뭔 줄 알아?"

"시집가는 거?"

강토가 시큰둥 되받았다.

"남자는 관심 없고 청와대 한 번 가보는 게 소원이래."

"청와대?"

"옛날에 자기 손님 중에 청와대 근무자가 있었다네. 그 사람이 새로 대통령될 사람 사주 맞춰주면 청와대로 불러서 대통령하고 기념사진 찍어주게 해둔다고 해놓고는 다시는 안 왔다네."

"대통령 사주는 맞췄고?"

"그렇다던데?"

"사기 아니냐?"

"아, 나도 몰랑. 그렇다면 그런 거지 뭐. 아줌마도 필 받으면 구라 제대로 까잖아? 이제 사주빨이 전부 입으로 가서 말이야."

"아무튼 고맙다."

"고마우면 직급이나 좀 잘 줘."

"직급?"

"부사장 안 될까?"

"얌마, 내가 실장인데 니가 무슨 부사장?"

"그럼 끽 해야 부실장이네?"

"싫음 우리 아버지 회사로 가던가."

"알았어, 알았다고."

웃고 떠드는 사이에 강토 전화기가 울었다. 모르는 번호였
다.

"여보세요?"

전화를 받자 남자의 목소리가 흘러나왔다.

—지금 어디 있습니까?

"누구신데요?"

—장 고문님 심부름차 왔습니다. 이강토 씨 집 앞입니다.

"가까운 공원입니다. 금방 가죠."

—공원 어디요? 알려주면 내가 가겠습니다.

몇 마디 더 나눈 후에 전화가 끊겼다.

"그분?"

덕규가 물었다.

"그런 모양이다."

"여기로 온대?"

"그런 모양이다."

"설마 지금 당장 청와대 가자는 건 아니겠지?"

덕규는 긴장하고 있었다. 삐 컨설팅 작명을 할 때 강토가 대강의 이야기를 전한 까닭이었다.

"쫄리냐?"

강토가 웃었다.

"존나!"

"온다."

강토의 눈에 남자가 들어왔다. 차에서 내리는 사람은 육 비서관이었다. 검은 선글라스를 썼지만 바로 감이 왔다.

"내일 가능하냐고 물으십니다."

육 비서관은 먼 곳을 바라보며 입을 열었다.

"가능합니다."

"몇 시가 선생님 컨디션에 좋을까요?"

선생님!

조심스러운 호칭이 나왔다. 그만큼 강토를 예우하고 있다는 반증이었다.

"고문님 편하신 대로 정하셔도 됩니다."

"그럼 오전 10시, 괜찮을까요?"

"그때까지 청와대로 가죠."

"아뇨, 제가 모시러 오겠습니다. 장 고문님께서 각별히 대하라고 지시하셨습니다."

"제가 할 일은?"

"잠깐 보시죠."

덕규를 의식한 것일까? 육 비서관은 자신의 차로 향했다.

"이걸 보시죠."

차 안에서 그가 봉투를 내밀었다. 신문기사였다. 기사 안에는 대통령의 동생 김일범이 나와 있었다.

〈소통령 김일범〉

제목이 자극적이었다.

내용은 대통령의 동생에게 집중되는 각종 청탁과 의혹, 이권 개입 등을 다루고 있었다. 청와대의 대통령보다 밖의 소통령이 더 강하다는 루머까지.

"팩트는 청와대 내통자입니다."

육 비서관이 핵심을 밝혔다.

'내통자?'

"검찰 전문가까지 동원해서 청와대 자체 감사를 했지만 밝히지 못했습니다. 그렇다고 청와대 체면에 검찰에 공개수사를 요청할 수도 없고……."

"……."

"몇 사람 의심이 가는 사람은 있지만 본인들이 워낙 강력하게 부인하는 데다 청와대 안에도 세력 구도가 있기 때문에 골치를 썩는 중이지요. 특히나 대통령 인친척관리는 민정수석실 소관이라 인사수석이신 장 고문님이 독단으로 움직이기 어려운데 워낙 인사에 대한 정보까지 그쪽으로 빠져나가는 바람에……."

"장 고문님이 인사수석이신가요?"

"아, 모르셨나요?"

"저는 고문님이라기에 정치나 정책 자문을 하시는 분인 줄……."

"청와대 들어가기 전부터 이런저런 자문을 많이 하셔서 그렇게 부르고 있습니다. 대통령께서도 고문으로 부르고 있으니 호칭은 아무렇게 불러도 괜찮습니다."

"예……."

"신문 사이에 사진이 있습니다. 보시죠."

육 비서관이 신문을 바라보았다. 강토가 가운데를 펼치니 사진이 나왔다. 모두 네 사람이었다.

"첫 번째 인물이 민정수석실 행정관입니다. 김일범을 따로 만난 정황도 있지만 관리차원에서 점검 차 만났다고 하니 더 닦아세울 수도 없고……."

"그럼 이 일은 민정수석실에서 나서야 하는 거 아닙니까?"

"온갖 방법을 다 써도 안 되니 선생님을 모시는 겁니다. 내부 보안사항이지만 최면술사까지 불러 조사를 하기도 했으니까요."

"제가 실패하면 장 고문님 입장이 난처해지겠군요?"

"옷 벗으실 각오십니다."

"대신 성공하시면 곧 단행될 수석 두어 분의 도덕성 검증 용역도 선생님께서 맡게 될 겁니다."

청와대 수석 검증?

초대박 제의가 나왔다.

"부담은 갖지 마세요. 그게 장 고문님 스타일이니까요."

"멋지신데요."

"……"

"일행을 좀 동행해도 될까요?"

"업무에 필요하시다면."

"고맙습니다."

"따로 준비할 건 없나요? 미리 말해주시면 갖춰놓겠습니다."

"없습니다."

"그럼 내일 9시 반까지 댁으로 가겠습니다."

"예!"

육 비서관의 차는 그렇게 멀어졌다. 그때까지도 덕규는 허리를 조아리고 있었다.

"갔다. 그만 허리 세워라."

"저분도 청와대 직원? 존나 높아 보이는데?"

덕규는 그제야 숨을 몰아쉬었다.

"비서관이라니 3급이나 4급 쯤 되지 않겠냐?"

"우워어, 청와대 3—4급?"

"그만하고 마고 아주망에게 가보자."

"마고 아주망?"

"그래."

"거긴 왜?"

"그 아줌마 스카웃해서 청와대 데려가려고."

"엥? 진짜?"

"그래."

"그 아줌마를 왜?"

"청와대 한 번 가는 게 소원이라며?"

"그, 그거야 그렇지만······."

"아줌마, 아직도 필 받으면 조금 맞추지? 게다가 인상도 좀 그럴 듯하고."

"그건 그렇지. 입 꾹 다물고 노려보면 간담이 서늘하잖아?"

"사주를 인사에 반영하는 기업가도 있고······."

"그럼 그 아줌마 도움받으려고?"

"그럴 수도?"

"형 뇌파 고장 났어?"

걱정스러운 덕규 눈빛이 강토 머리통으로 올라왔다.

"모양새가 살잖냐?"

강토는 짧게 대꾸하고 앞서 걸었다. 마고 아줌마의 사주팔자집으로 향하는 길이었다. 모양새는 진심이었다. 마고 아줌마는 이미 저문 해. 하지만 포커페이스는 여전히 프로였다. 거기다 경험은 더할 수 없이 풍부한 편. 팀원으로 쓰면 뽀대가 살 것 같았다.

"무슨 모양새?"

"구색 맞추기?"

"아, 진짜······."

"호들갑 그만 떨고 너도 갈 채비 갖춰라."

"나, 나도 가는 거야?"

"당연하지. 넌 우리 삐 컨설팅 부실장인데."

"그거야 그냥 하는 말이지. 청와대에서 나 같은 것도 들여보내줄까?"

"네가 뺀찌 먹으면 나도 안 들어간다."

"형······."

"장 고문님이 원하는 거 해결해 주고 대통령이랑 기념사진 찍어 달라자. 그래서 그거 들고 네 어머니 뵈러 가는 거야. 대통령도 막 만날 수 있는 회사에 취직했다고······."

"으워어, 우리 엄마 그 사진 보면 기절할 거야. 가문의 영광이라며······."

"그럼 내가 깨워줄게. 뇌파로 지지직 자극해서."

"형······."

"아, 말 많네. 싫음 관두던가!"

"알, 알았어. 나 때 빼고 광내고 목욕재계도 할게. 그러니까 형, 뭔지 모르지만 꼭 성공해서 형 아버지 구한 것처럼 우리 엄마도 행복에 좀 빠지게 해줘."

"자식, 진작 그럴 것이지."

"으아아, 씨발! 내가 청와대를 다 가다니. 우리 편의점 사장

쪼잔한 새끼, 내가 이런 사람인 줄 알면 똥 싸다 구멍이 막혀서 입으로 피똥이 나올 거야!"

홍분한 덕규는 강토를 앞서 뛰었다.

'청와대 기밀누설 내통자……'

⟨삐 컨설팅─실장 이강토!⟩

처음으로 판 명함을 보며 생각했다. 시크릿 메즈에 어울리는 중량급 업무라고.

제3장
퍼스트 미션

끼익!

차가 청와대 경내에서 멈췄다. 차에서 네 사람이 내렸다. 육 비서관과 강토, 그리고 마고 아줌마와 덕규였다. 보안 수속은 그리 까다롭지 않았다. 육 비서관이 조치를 해둔 덕분이었다. 그래도 덕규는 와들와들 떨었다. 너무 떨어서 강토가 신경전 달물질을 조절해 줘야 했다.

그럼 산전수전 다 겪은 마고 아줌마는 어땠을까? 그녀 역시 별다르지 않았다. 방송에서 골백번도 넘게 봐온 청와대건만 막상 들어와 보니 느낌이 달랐던 것이다.

고백하자면 강토 역시 조금은 설레고 흥분되었다. 막연한 동

경과 이상의 한 축에 있었던 청와대. 저 옆의 경복궁이나 덕수궁을 생각하면 그리 다를 것도 없건만 사람의 마음이 요사를 부리는 것이다.

"이 실장!"

저만치서 장철환이 다가왔다. 육 비서관에게 이야기를 들었는지 강토의 공적인 직함을 불러주는 그였다.

"어때?"

그가 물었다.

"떨리는데요?"

강토가 웃으며 대답했다.

"청와대 뭐 별거 있나? 다 사람 사는 곳이지."

"그렇긴 하네요."

녹지원을 바라보며 대꾸했다. 시원하게 터진 녹지원에 자리잡은 소나무가 보기 좋았다.

"저분들은?"

동행한 덕규와 마고 아줌마를 본 장철환이 물었다.

"저희 팀입니다."

"그럼 두 사람은 여민실에서 기다리게 하고 나랑 대통령을 뵈러 가겠나?"

"아닙니다. 일이 우선이죠. 시원하게 해결이 되면 그때 뵐 수 있는 영광을 주시기 바랍니다."

강토는 정중히 사양했다.

"일 우선이라? 프로다운 생각이군. 삐 컨설팅 이강토 실장!"

"예, 민정수석님!"

"육 비서관에게 설명은 들었지?"

"예!"

"진행은 어떻게 할 텐가?"

"우선 직원 서류를 저희에게 보여주시고, 용의선상에 오른 분들을 잠깐 뵙게 해주시면 됩니다."

"둘은 곧 보게 될 걸세."

"……."

"나머지는 내가 방을 돌며 인사를 시키겠네."

"예."

"부탁하네!"

장철환이 손을 내밀었다. 강토는 그 손을 잡았다. 정철환의 어깨 너머로 툭 터진 하늘이 보였다. 저 하늘처럼 청명한 결과를 안겨줘야 할 텐데. 그래서 수석 인사 검증도 맡아야 할 텐데…….

그렇게 되면 대로가 펼쳐진다. 청와대 인사 검증에 참여한 경력, 어디에서도 먹힐 일이었다.

"먼저 비서실장과 안보실장, 각 수석들에게 인사를 하게 될 걸세. 비공개적으로 할 수 없는 일이라서 말이야."

장철환이 회의실 앞에 멈췄다.

비서실장과 수석들…….

묵직한 무게감이 느껴졌다.

"준비됐나?"

장철환이 돌아보았다. 강토는 꾸벅 고개를 숙여 화답했다. 덕규와 마고 아줌마도 물론이었다. 강토는 그 가운데서 두 사람의 등을 슬쩍 쳐주었다. 쫄지 말자는 신호였다.

끼이!

문이 열렸다.

"……!"

덕규의 동공이 멈추는 게 보였다. 회의실에 둘러앉은 10여 명의 초거물들. 대한민국을 좌지우지하는 역할의 거물들이 거기 있었다. 강토는 자연스러운 시선으로 거물들을 스캔해 나갔다. 그러다 멈췄다. 사진 속의 인물이 눈에 들어온 것이다.

시크릿 메즈!

볼 것도 없이 매직 뉴런을 날렸다. 부드럽게, 부드럽게, 표시도 없이 들이친 매직 뉴런은 그의 대뇌로 들어가 피질에 닿았다.

〈김일범〉

핵심 명령어를 장착한 매직 뉴런들은 비밀의 서랍공간에서 멈췄다. 그리고 각 서랍을 빠짐없이 열어 재꼈다.

"……!"

첫 시도는 꽝이었다.

강토는 갈비뼈 사이에 성긴 숨결을 천천히 밀어냈다. 그의 비밀 서랍에 든 김일범은 영양가가 없었다. KIV라는 이니셜로 호칭을 삼는다는 사실만 알았을 뿐.

—골치 아픈 양반.

—거 꼭 친인척 한둘이 물을 흐린단 말이지.

김일범에 대한 기억은 단순히 머리 아프다는 수준 정도. 악감정이라거나 김일범과의 연관성은 별로 없는 편이었다.

쉴 새도 없이 두 사람 건너의 수석에게 매직 뉴런을 시전했다. 이번에는 조금 서둘렀다. 수석이 움찔거렸기 때문이었다.

'김일범!'

측두엽에 다다른 매직 뉴런은 시각령과 청각령으로 스며들었다.

—검색명 '김일범'

—범위는 'All'

매직 뉴런들은 선택적 명령어에 부합한 비밀 서랍들만 열어젖혔다.

김일범!

김일범……

첫 수석보다는 자료가 많았다. 김일범에 대한 것이 차고 넘칠 정도였다.

그러나!

쓸 만한 건 없었다. 그의 기억은 부산하고 어지러웠다. 나아가 그는, 오히려 장철환을 의심하고 있었다.

—3월 28일, 장철환, 남산 아래의 한정식집에서 김일범과 회동.

—장철환이 김일범에게 근신해 줄 것을 요청한 걸 확인.

—다른 말이 오갔을 가능성도 있음.

'실패!'

강토의 미간이 살포시 일그러졌다.

"그분들이오?"

호흡을 가다듬는 사이에 가운데 앉은 사람이 반응해 왔다. 나중에 알았지만 그가 바로 비서실장이었다.

"예!"

장철환이 대답했다.

"으음… 대통령께서 재가하신 일이니 별수 없는 일이지. 아무튼 장 고문님 시도가 결실을 맺길 바라오."

"예!"

"우리도 조사를 받아야 하오?"

"이 팀이 필요하다고 하면 말씀드리지요."

"누가 대표자요?"

"이 실장!"

장철환이 강토를 돌아보았다. 강토는 한 발 나섰다.

"잘 부탁하오."

비서실장이 손을 내밀었다. 강토는 그 손을 잡아주었다. 순간, 그 눈에도 매직 뉴런을 넣어주었다. 애당초 장철환이 미리 내린 오더는 네 명. 그러나 프로는 남의 의견에 얽매이지 않는 법. 하다못해 음식점 비법만 해도 며느리도 모른다는 판에 네 명으로 좁혀놓은 자료를 믿을 수는 없는 노릇이었다.

10여 명. 강토는 그 전부를 노릴 생각이었다.

관련없음!

—Fail!

내부 내통자 아님!

—Fail!

장철환이 간단한 소개를 하는 사이에도 수석들에 대한 스캔은 계속 되었다. 정무수석과 민정수석을 거치며 절반 정도 끝냈을 때 장철환의 목소리가 들려왔다.

"나가지."

아쉽지만 시크릿 메즈를 접었다. 머뭇거리는 것도 이상하려니와 그래도 장철환의 오더보다는 많은 사람을 조사한 까닭이었다.

탁!

문 닫기는 소리와 함께 공간이 변했다. 회의실이 아니라 복도였다.

"후유우!"

"후우우!"

덕규와 마고 아줌마는 콘크리트가 무너져라 한숨을 내쉬었다. 강토 역시 아쉬움의 숨을 내쉬었다.

'아직 둘이 남았으니……'

절반 남은 용의자를 위로로 삼았다.

그사이에 베이스캠프가 마련되었다. 민정팀의 소회의실이었다. 테이블에는 서류가 가득 쌓여 있었다. 사진과 출생지, 생년월일 등이 적힌 인사 카드였다. 그건 마고 아줌마에게 안겨주었다.

'사주 앤드 관상.'

아줌마에게 떠맡긴 임무가 그것이었다. 둘 다 잘하지 못하지만 어느 정도 수준은 되는 아줌마. 청와대에 온다니 점빨 팍팍 받게 해달라고 새벽 목욕재계 치성까지 드렸단다. 덕규는 그 옆에서 보조를 맡았다. 사실 할 일도 없는 편이지만 표정 하나는 조국을 구하는 비장미보다 더 단단해 보였다.

"갈까?"

장철환이 길을 나섰다. 남은 두 용의자. 그들을 만날 시간이었다.

"형!"

나서는 강토에게 덕규가 속삭임을 전해왔다. 강토가 돌아보았다.

"파이팅!"

덕규가 주먹을 쥐어 보였다. 그 옆의 마고 아줌마도 주먹을 쥐었다. 강토 역시 두 사람에게 주먹을 쥐어 보여 화답을 했다.

"아, 여기가 내 방이네."

복도의 중간쯤에서 장철환이 한 사무실의 문을 열었다. 햇빛이 들이치는 집무실이었다. 책상 위에서 그의 명패가 반짝거렸다.

〈민정수석비서관 장철환〉

한마디로 멋졌다.

저 자리를 노리는 사람은 얼마나 많을까? 아니 정확히 말하면 자리가 아니라 권력이겠지. 저 자리의 사람이 행사할 수 있는 권력…….

"어떤가?"

"화분이 목마른 모양입니다."

강토는 대답을 피해갔다. 높은 역할을 수행하는 사람은 높은 고뇌를 요구받는다. 판에 박힌 대답을 하기 싫었다. 강토는 화분의 식물을 가만히 쓰다듬었다.

집무실에서 나온 장철환은 다른 방 앞에서 걸음을 멈췄다. 그가 강토를 돌아보았다.

준비됐나?

그렇게 묻는 것 같아 강토는 고개를 숙여 보였다.

문이 열렸다.

강토의 동공도 확 열렸다. 육 비서관이 가져다준 네 장의 사진 중에서 가장 강조되던 사람. 민정수석실의 행정관이었다.

"장 수석님!"

두 직원과 대화 중이던 그가 반색을 하고 일어섰다.

"바쁜가?"

장철환이 물었다.

"아, 아닙니다. 앉으시죠."

"아니, 이쪽 분이 KIV 건 검토로 오신 분이라 청와대 구조를 보여주고 있는 참이라……."

"아, 예……."

행정관의 표정이 급 석고상이 되는 게 느껴졌다. 그러거나 말거나, 강토는 기다렸다는 듯 그의 안경 너머로 매직 뉴런의 시냅스 가지를 뻗었다.

'이번에는…….'

뭔가 나오길 바랐다. 어차피 청와대의 모든 직원을 시크릿 메즈로 스캔할 수는 없는 일. 그렇다면 이쯤에서 범인이 잡혀주면 느긋하게 공모자를 찾아볼 수도 있는 일이었다.

'나왔다!'

강토, 신경을 곤두세웠다. 행정관이 김일범 만난 기억을 가지고 있었기 때문이었다. 지방의 횟집이었다. 봉투도 받았다.

뭐가 들었을까?

기억을 열어보니 30만 원 상품권 한 장이었다. 먼데까지 내려와 준 데에 대한 윗사람으로서의 예의. 청와대 정보와 동향 제공과는 상관없는 일이었다.

몇 가지 기억이 더 나왔다.

—당신 참 믿을 만하군.

—당신처럼 정신이 똘똘하게 박힌 사람만 있으면 우리 형님이
속 썩을 일 없을 텐데.

김일범과 정서를 나누는 건 확실했다. 하지만 정보를 제공
하는 단계까지는 아니었다. 그가 제공한 거라고는 여당의 중진
의원들 전화번호를 알려준 정도가 다였다.

'젠장!'

아쉽지만 별수 없는 일이었다.

다됐나?

장철환이 돌아보자 강토가 고개를 끄덕해 보였다. 다음 방
으로 걸어가는 동안에도 장철환은 돌아보지 않았다. 그는 강
토를 신뢰하고 있었다. 조금도 조바심 내지 않는 것이다.

또 다른 방문 앞에서 장철환이 노크를 했다.

"예!"

굵직한 저음을 들으며 장철환이 문을 열었다. 네 번째 사진
의 주인공이 나타났다. 강단이 넘치는 얼굴의 그는 혼자 서류
를 보는 중이었다.

"수고가 많네. 여기는 KIV 건 조사차 나온 이 실장. 경내를
안내하는 중이라네."

"아, 예… 그럼 차라도 한 잔?"

"아닐세. 이 방 저 방 마셔댔더니 이 실장도 배가 빵빵하

대서……."

"네……."

대답은 공손하지만 강토를 경계하는 눈빛. 그 와중에 강토가 시크릿 메즈를 날렸다. 매직 뉴런들은 마지막 인물의 뇌로 밀려들었다. 마지막이라는 단어가 살며시 압박으로 다가왔다. 여기서 단서를 잡지 못하면 개시 오더부터 빵꾸를 낼 확률이 높아지는 것이다. 더구나 한둘은 뇌파가 맞지 않았다고 둘러대야 할 판…….

부드럽게, 솜사탕처럼 부드럽게!

매직 뉴런은 부드럽게 밀려가 그의 눈동자를 파고들었다.

'후우!'

안도의 숨을 쉬며 조종간을 잡았다. 타인의 뇌에 들어가면 마치 우주의 계곡에 들어서는 느낌이었다. 생물과 화학으로 우주의 신비를 이룬 뇌 안. 강토의 뉴런들은 수많은 시냅스를 타고 전전두엽과 중뇌, 전뇌, 시상하부를 거쳐 갔다.

'김─일─범!'

강토는 뉴런에게 또렷하게 속삭여 주었다.

그가 가진 김일범에 대한 비밀을 열어줘.

몽땅!

파아앗!

명령을 받은 매직 뉴런들이 헤쳐 모여를 시작했다. 몇 개의 무리로 나뉜 뉴런들이 비밀의 코드를 맞추더니 여기저기서 비밀 서랍을 당겨놓았다.

"……!"

하나 둘 비밀이 열리자 강토의 눈자위에 두터운 주름이 잡혔다.

마지막…….

그러나 장철환이 찾는 내용은 없었다. 그 역시 김일범에 대한 회한과 원망으로 가득할 뿐이었다.

―이놈의 대통령 친족 관리…….

―대체 자기가 대통령인 줄 아나.

―KIV만 아니면 청와대가 다 조용하련만…….

강토는 서랍의 내용을 전부 긁어모았다. 유의할 사건이 있는 지도 재확인했다. 여기서는 지푸라기라도 잡아야 했다.

없었다.

휘청 맥이 풀리는 가운데 장철환이 돌아섰다. 강토도 돌아서는 수밖에 없었다.

'젠장!'

속으로 그 말을 반복했다. 정말 젠장이었다. 강당 쪽으로 나오자 직원 몇 명이 보였다. 차를 마시며 업무논의를 하는 장면이었다. 그들이 장철환에게 인사를 해왔다. 강토는 그들조차 마다하지 않았다.

매직 뉴런!

바쁘게 세 사람을 건너다녔다. 무리를 하고 있는 것이다. 사람에게 하는 것. 고양이 실험과는 달랐다. 대미지와 함께 회한 같은 게 느껴졌다. 한두 번은 몰라도 그 이상이면, 6번 뇌의 본질 같은 게 붙어 나왔다. 잔혹성 비슷한⋯⋯.

위험부담 100배!

하지만 세상에 누워 떡먹기는 없는 법. 강토는 정신을 바짝 차리고 매직 뉴런을 몰아붙였다.

'김일범.'

그 비밀을 열어줘.

파아아앗!

김일범의 기억이 강토에게 전송되었다.

―김일범 때문에 또 깨졌다.

―김일범은 대통령이 관리해야지. 우리 말을 들어?

―다들 소황제라고 알아서 기는데.

영양가 없는 기억들이 줄을 지어 들어왔다. 허접한 정보를 밀어내던 중, 강토의 뇌가 바짝 긴장하기 시작했다. 세 번째 남자 직원에게서 김일범을 만나는 기억이 나온 것이다.

―죄송하지만 오해를 살 만한 인사들과의 회동은⋯⋯.

―대통령님의 입장이 곤란해집니다.

―야당의 공세가 거셉니다.

만났다.

그러나 청와대의 동향을 건네주는 비밀 기억은 아니었다. 다음 사람을 겨누는 강토의 매직 뉴런. 하지만 거기까지였다.

어느새 저만치 걸어간 장철환이 뒤돌아본 것. 강토는 별수 없이 그 뒤를 따라갔다.

"잠깐, 화장실 좀 다녀오겠네."

수석 집무실이 가까운 곳에서 장철환이 화장실로 향했다. 저만치 덕규와 마고 아줌마가 있는 회의실이 보였다. 마고 아줌마는 뭘 좀 건졌을까? 전략상 원래 조사를 받았던 사람들은 부르기로 되어 있었다. 그러니 강토가 만난 사람들도 불렀을 가능성이 있었다.

강토는 고개를 저었다.

마고 아줌마의 실력은 강토도 알고 있었다. 궁합을 맞추고 진학상담이나 취업에서 재미를 보는 눈치지만 그래봤자 어쩌다였다. 아줌마의 실력으로 소황제 내통자를 알아낸다는 건 불가능에 속했다.

설레설레!

짐작은 적중했다. 강토가 회의실에 들어서자 마고 아줌마가 고개를 저은 것이다.

"팀장님은… 요?"

옆에 있던 덕규가 물었다. 강토는 대답하지 않았다. 덕규의 표정이 창백하게 굳어갔다.

'차선책……'

그걸 생각했다.

있기는 했다. 강토가 청와대를 돌며 모든 직원을 만나는 것이다. 하지만 문제가 있었다. 청와대 직원이 한둘인가? 더구나 일부는 휴가나 출장, 병가 등으로 자리를 비운 것. 그들까지 다 마치려면 몇 달이 걸릴지도 몰랐다.

너무 쉽게 생각했나?

머리가 뜨끈해져왔다. 소득이 없는 것은 아니었다. 일단 장 수석이 의구심의 눈길을 보내는 넷은 무혐의라는 것. 하지만 범인을 추려내지 못하기로 보면 위로가 될 일도 아니었다.

짧은 시간은 더 빠르게 흘렀다. 방금 화장실로 간 것 같은 장철환이 회의실에 들어선 것이다.

"어떤가?"

집무실로 자리를 옮긴 그가 물었다.

"뇌파가 맞기는 했습니다만……."

"실패로군?"

장철환의 표정도 굳어졌다.

"네 분은 아닙니다."

"허어, 낭패로군. 그 넷 중에 하나 있을 거라고 생각했는 데……."

"대안이 있긴 합니다만……."

위험부담을 무릅쓰고 총력전 의견을 개진하려 할 때 노크 소리가 들렸다.

"들어 와!"

장철환이 문을 바라보았다. 안으로 들어선 건 40대 후반의 여직원이었다. 푸짐한 드럼통 같은 몸매가 마고 아줌마와 용호상박을 이룰 자태였다.

"육 비서관님이 저녁 스케줄 변동이 있을 지도 모른다고 해서……."

완전히 된장처럼 구수하게 생긴 여직원. 황상희 행정관. 얼굴이 스마일상이라 악이라고는 찾아볼 수가 없는 느낌이었다.

"차를 한잔 가져다 드릴까요?"

보고를 마친 그녀가 장철환에 이어 강토를 바라보았다. 웃어 실눈이 된 눈동자가 강토의 그것과 마주쳐 버렸다.

그건 진짜 운이었다. 강토는 그녀에게 시크릿 메즈를 시전할 생각이 전혀 없었기 때문이었다. 왠지 그녀는 의심하면 안 될 것 같았다. 벌을 받을 것 같았다. 그런데 조바심과 우려, 그게 뒤섞이면서 그냥 사무적으로 매직 뉴런이 발현되었다.

'김일범.'

뉴런에게 보내는 속삭임도 의례적이었다. 어쩌면 청와대 직원의 뇌를 전부 다 스캔해야 할지도 모르는 상황. 그런 경우를 대비해 일 인분의 수고라도 덜자는 마음이었다.

그런데!

거기서 강력한 반향이 나왔다. 강토는 자신도 모르게 주먹을 그러쥐었다.

나이쓰!

김일범!

그녀는 김일범을 알고 있었다. 함께 산행도 했다. 봄이었다. 남해의 금산 계곡에서 만났다. 따로 온 사람처럼 올라와 은밀하게 만난 것이다. 정상 부근의 기괴한 암석들이 바라보이는 곳이었다. 도시락 대신 황상희가 풀어놓은 건 청와대의 복사본 서류들이었다. 김일범에 대한 동향보고서와 제공자, 나아가 청와대 주요 회의의 메모들이었다.

"황 행정관뿐이야."

"이 수고 잊지 않을게."

야호, 멀리서 날아온 메아리와 함께 그 두 마디가 그녀 가슴에 보물처럼 남아 있었다. 신뢰가 작렬하는 김일범의 눈빛도.

―나는 김일범의 사람.

비밀의 서랍에는 그녀의 다짐도 있었다.

강토는 다른 서랍 속의 그림으로 넘어갔다. 기자였다. 황 행정관의 대학 직속 후배였다. 대통령 아우의 로비 의혹을 제기하는 신문사 부장이었다. 부장의 이름은 조영기. 황 행정관은 의혹에 올라온 이름 중에 두 명을 지워달라고 말했다.

김중일.

양준광.

두 명의 이름은 그녀의 서랍 속에서 반짝거렸다.

지부작족(知斧斫足), 믿는 도끼에 발등 찍힌다더니 딱 그 짝이었다. 장철환이 신뢰하는 황상희. 제대로 당했다. 그러나 김일범의 입장에서 보면 최고의 전략이었다. 어떤 과정, 어떤 인연으로 그녀를 손에 넣게 되었는지는 모르지만 최상의 지지자를 확보한 셈이었다.

'조금 더 살펴볼까?'

뒤에 남은 비밀 서랍까지 당겼다. 청와대가 나왔다. 그녀는 대통령 친인척 관리 실무를 맡고 있는 공동규 행정관과 친했다. 기밀의 일부는 그에게서 건졌다. 그의 방에서 대화를 나누다 그가 자리라도 비울라치면 서랍 속 사진을 찍거나 쓰레기통 서류를 집어와 사용했다. 그렇게 모은 사본들이 대통령의 아우에게 전달되고 있었던 것이다.

움직이는 CCTV였다. 그로 인하여 김일범은 청와대 안에서 일어나는 일은 물론, 어떤 수석이 자신에게 반감을 가지고 있는 것조차도 한눈에 꿰고 있었다.

―남해 금산의 등산은 5월 5일 어린이날 정오 무렵!

―신문사 후배와의 미팅은 5월 말일 종로의 향정각 한정식집.

그 장면까지 짚어낸 강토는 겨우 가쁜 숨을 몰아쉬었다. 위기는, 넘긴 것 같았다.

"어머, 피곤하신가 봐요?"

황상희가 물었다. 강토는 시치미를 뚝 떼고서, 느긋하게 맞장구를 쳐주었다.

"아닙니다. 호흡을 고르는 중입니다."

"그럼 저는……."

황상희는 공손한 인사를 남기고 나갔다.

"아까 대안이 있다고 했었나?"

문 닫기는 소리가 끝나자 장철환이 물었다.

"예? 예."

"뭔가?"

"그런데 필요가 없게 되었습니다."

"필요가 없다?"

"예……."

"그건 또 무슨 말인가? 긍정인가 부정인가?"

"내통자를 찾았습니다."

"찾아? 방금 전까지는 실패라며?"

"상황이란 늘 변하는 거니까요."

대답하는 강토의 입가에는 작은 미소가 번지고 있었다.

"그럼 누구라는 건가?"

"청와대에서 고문님이 제일로 믿는 두 사람… 육 비서관과 방금 전에 본 황상희 행정관이 맞습니까?"

"그렇네만……."

"지부작족입니다!"

"지부작족이라면… 믿는 도끼에 발등 찍혔다는 뜻?"

"예!"

대답하는 강토의 눈빛은 단단했다. 그제야 심각함을 깨달은 장철환, 남은 차를 단숨에 마시고 대화를 이어갔다.

"그럼 설마 그 두 사람 중에?"

"예."

"……?"

"여기서 말씀드려도 되나요?"

강토, 천장을 바라보며 물었다. 도청이나 기록이 되고 있는지 모르기 때문이었다.

"괜찮네, 말해보시게."

"황상희 행정관입니다!"

"황상희 행정관?"

"예!"

"황상희? 황상희? 푸하하핫!"

이름을 몇 번 읊던 장철환이 파안대소를 작렬시켰다.

"……."

"이 실장. 뭔가 착오 아닌가? 그 친구는 대통령 측 픽업으로 합류한 인물이야. 내통자를 찾으려고 온갖 여직원은 물론 남직원들의 행동거지 하나까지도 캐고 있는 사람이라고."

대통령 쪽 사람?

장애물이 하나 나왔다.

"100%입니다만!"

강토, 장철환의 말이 더 길어지기 전에 잘라 말했다. 신뢰나 평판은 무섭다. 그런 게 형성되면 끝으로 메주를 쑨다고 해도 믿는 경향이 있기 때문이다. 강철 방어망이 형성될 수도 있다. 그걸 알기에 강토, 돌직구를 꽂아버린 것이다.

"······?"

장철환의 눈동자가 속절없이 흔들렸다. 믿을 수 없다는 표정 같았다. 하지만, 강토의 실력을 알고 있는 그였다. 허튼 소리를 할 자리도 아니었다.

"대체 뭘 알아냈길래?"

목청을 가다듬은 장철환이 물었다.

─남해 금산의 등산은 5월 5일 어린이날 정오 무렵!

─신문사 후배와의 미팅은 5월 말일 종로의 향정각 한정식 집.

─친인척 관리실무자 공동규 행정관.

강토는 황상희의 뇌에서 열어본 기억의 장면들을 고스란히 전달해 주었다.

"······!"

장철환의 숨소리가 멈췄다. 시선 역시 강토의 눈에서 멈췄다. 강토는 끄덕, 고갯짓으로 한 번 더 강조해주었다.

100%입니다!

"으음······."

장철환의 입에서 짐승 같은 신음이 흘러나왔다. 잠시 호흡을 가다듬은 그가 수화기를 들었다. 육 비서관이 들어왔다. 장철환은 그에게 지시를 내렸다. 육 비서관이 나갔다.

"조금만, 조금만 기다려 보시게."

장철환은 손수 주전자를 들어 자기 잔에 차를 따랐다. 그리고 내려놓았다. 그러다 강토의 잔이 빈 걸 깨닫고 그 잔을 채워주었다. 당황하고 있다는 증거였다.

뭘 알아보려는 걸까?

기다리는 시간은 지루했다. 강토는 차로 입술을 축였다. 육 비서관이 돌아온 건 10분쯤 지난 후였다.

"5월 5일 황 행정관이 남해로 내려간 사실이 있답니다. 도로 공사 측에 확인을 했습니다."

"금산 맞나?"

"가까운 톨게이트로 나갔습니다."

"시간은?"

"오전 9시 조금 지나서입니다."

"최악이군. 이건 비서실장이나 경호실장이 걸린 것 못지않게 골치 아픈 일이야!"

"고문님!"

침묵하던 강토가 입을 열었다.

"말하시게!"

"대통령을 모셔 오시죠."

"……?"

강토의 말에 장철환과 육 비서의 입이 쩌억 벌어졌다.

"대, 대통령을?"

장철환이 신음 닮은 소리로 되물었다.

"황 행정관이 대통령의 사람이라면 중간에 이런저런 조사과 정이 끼면 오히려 그분 입장이 난처해지겠죠. 그러니 결자해지 가 정답 아니겠습니까?"

"……?"

"정말… 확신하는 겁니까?"

이번에는 육 비서관이 물었다.

"예!"

"그럼 자백하게도 할 수 있는 겁니까? 대통령 앞에서?"

"해봐야죠."

"이 실장님, 이건 도 아니면 모입니다. 만약 황 행정관이 읍 소라도 하며 대통령께 결백을 주장하게 되면……."

"자칫하면 장 고문님께서 옷을 벗을 수도 있다는 말과 배 치되는 말씀이군요. 저를 데려온 자체가 모험 아닙니까? 그런 데 범인을 찾은 마당에 만에 하나까지 고려하며 조심하시는 건……."

"……."

"이 실장 말이 맞아."

장철환은 강토를 지지했다.

"대통령을 모셔오게. 만에 하나 황 행정관이 범인이 아니라고 해도 그게 좋아. 최소한 다른 직원들은 개입하지 않게 되는 셈이니……."

"고문님!"

"이 실장!"

장철환이 강토의 어깨를 짚었다.

"자네에게 우리 두 사람의 운명이 달린 셈이네."

"제 운명도 달렸죠."

"그렇군."

부탁하네!

강토를 바라보는 장철환의 눈은 소리 없이 깊었다.

"으악, 누가 온다고?"

상춘재로 자리를 옮긴 덕규는 몸서리를 쳤다. 바짝 쫄기는 마고 아줌마도 다르지 않았다.

"대통령!"

접견실에 자리를 잡은 강토가 또렷하게 말했다.

"우워어, 대, 대, 대통령!"

"덕규야!"

"응? 예? 왜?"

허둥대던 덕규의 눈동자가 반짝거리기 시작했다. 강토가 조치를 한 것이다. 두 사람의 송과체를 자극해 세로티닌의 분비

를 촉진시켰다. 세로토닌은 긍정적이 사고와 기분의 고양을
돕는 물질. 덕규의 불안은 이내 가셔버렸다.

"그런데 이 실장……."

마고 아줌마가 강토를 바라보았다.

"말씀하세요."

"솔직히… 난 잡아내지 못했어. 그 내통자 사주 말이야."

"어땠는데요?"

강토는 계속 말을 시켰다. 대화 역시 긴장을 푸는 데 도움
이 되기 때문이었다.

"그 네 명 말이야… 사주를 보니 쭉쭉 뻗을 기상이야. 뭐 중
간에 풍파가 있기는 하겠지만……."

"아, 그건 나한테도 써먹은 말이잖아요?"

덕규가 바로 태클을 걸고 나섰다.

"너하고는 다르지. 이 양반들은 관운이 있거든."

"걱정 마세요. 제가 아줌마 사주를 참고로 해서 독심술과
합쳐서 맞춰 보았으니까요."

강토가 교통정리에 나섰다. 독심술에 대해서는 이미 설명한
강토였다.

"확실해?"

"아니면 우리 셋 다 바로 은팔찌 차고 학교로 갈 걸요?"

"학, 학교?"

"아무튼 아줌마는 근엄 모드로 지켜만 보세요. 끝나면 대통

령하고 기념사진 찍으셔야죠."

"아, 형은…….."

"실장님!"

"예, 실장님!"

강토의 핀잔을 먹은 덕규가 입술을 삐죽거렸다. 그만하면 바짝 쫄은 표정은 가신 것 같았다.

"대통령께서 오십니다."

잠시 후에 비서관 하나가 통보를 해왔다. 상춘재에서 대통령 관저는 엎어지면 코 닿을 거리. 대통령을 모시러간 장철환이 그분 시간을 내는 데 성공을 한 모양이었다.

저벅!

복도 끝에서 발소리가 들려왔다.

꿀꺽!

셋은 동시에 마른 침을 넘겼다.

대통령!

말이 좋아 개나 소나 화두에 올리는 사람이지 그게 어디 보통 직분인가? 마고 아줌마만 해도 대통령 당선자 맞추기가 얼마나 어려운지 알고 있는 사람이었다. 당선자 맞추는 것도 어려운… 그런 사람이 오고 있는 것이다.

딸깍!

문이 열렸다. 그리고… 그 익숙한 얼굴… 방송이나 신문에서 골백번도 더 본 그 얼굴이 들어섰다. 대한민국 대통령 김후

범이었다. 강토네 일행은 같은 자세로 고개를 숙였다.

"말씀드린 친구들입니다."

장철환의 손이 강토를 가리켰다.

"반갑소."

대통령이 악수를 청해왔다. 강토가 1번으로 하고, 마고 아줌마에 이어 덕규까지 악수를 나누었다.

"청와대 기밀을 빼는 내통자를 찾았다고요?"

"예!"

강토가 대답했다.

"시작하시게!"

장철환이 신호를 보냈다. 그러자 육 비서관이 직원 둘을 데리고 부산하게 움직였다. 대통령이 앉은 자리는 칸막이로 벽을 가렸다. 두 개의 공간으로 구분이 된 것이다. 다시 문이 열리면서 황상희 행정관이 불려왔다. 공간에는 강토의 팀과 장철환이 남아 있었다.

"부르셨어요?"

그녀의 표정은 여전히 스마일상이었다. 장철환이 업무 지시라도 내릴 것으로 알고 온 그녀. 아주 자연스러운 얼굴이었다.

"좀 앉아. 여기 이 실장께서 몇 가지 질문이 있다고 해서 말이야."

"저한테요?"

"예!"

마지막 대답은 강토가 했다.

"뭐든지 물어보세요. 조사에 도움이 된다면 아는 대로 다 말씀드릴 게요."

황 행정관은 강토의 시선을 피하지 않았다.

"실은 저희가 기밀 유출자 단서를 잡았습니다. 그래서 몇 가지 확인을 위해……."

강토는 일어선 채 대화를 시작했다. 장철환과 마고 아줌마, 덕규는 숨을 죽인 채 두 사람을 바라보았다.

"어머, 해내셨군요? 그게 누구예요?"

"여자입니다."

"어머어머머!"

"혹시 저번 어린이날에 지방 다녀온 여직원들 아십니까?"

"지방 다녀온 여직원요? 그건 조사를 해봐야겠는데요? 지방 어디인지를 알려주시면……."

"남해 금산입니다."

"남해… 금… 산?"

수첩에 메모하던 그녀의 손이 흠칫거리는 게 보였다.

"김일범님과는 정오 무렵에 만난 것 같습니다. 금산의 계곡에서요."

"계곡……."

"도시락을 먹었는데……."

"도시락……."

"도시락 속에 든 건 김밥이 아니라 청와대 서류였습니다."

"……."

받아 적던 그녀의 거기서 손이 멈췄다.

*   *   *

"따로 헤어져 내려오면서 봄꽃과 사찰 사진을 찍었군요. 꽃은 철쭉이고 사찰은 4대천왕상 중에 북을 든 신장입니다만……."

"북……."

이제 목소리로 갈라지는 황상희.

"그 여직원의 배후는 누구일까요?"

"……?"

느닷없는 질문. 황상희의 시선은 필사적으로 수첩에 꽂힌 채 표정 변화를 보여주지 않았다. 아직은 버티는 그녀. 하지만 속절없었다. 강토의 매직 뉴런이 이미 그녀의 브레인 속을 헤집고 있었기 때문이었다.

〈당신의 가장 큰 비밀〉

비밀…….

명령어를 받은 매직 뉴런들은 기억의 서랍으로 다가가 비밀이라는 키워드에 달라붙었다.

그런데!

오, 마이 갓!

서랍이 끄덕도 하지 않았다. 매직 뉴런들은 비밀의 기억을 열려고 바삐 유영하지만 서랍은 지금껏 본 그 어느 것보다 견고하고 단단했다.

'입이 무거운 사람······.'

그제야 알았다.

강토, 황 행정관은 보기보다 입이 중천금(重千金) 같은 사람이었다. 한 번 더 시도를 해보지만 변하는 건 없었다. 매직 뉴런들은 서랍에 매달려 용을 쓰기 바빴다. 입이 무거우니 의지가 강했다. 비밀을 지키려는 마음이 뇌에 작용해 비밀의 서랍을 견고하게 닫아버린 것.

그녀의 기억 창고.

아무런 장면도 허락하지 않았다.

지금껏 못 본 철옹성이 거기 펼쳐져 있었다.

"······!"

강토, 등골이 오싹해지는 걸 느꼈다. 처음으로 겪어보는 일. 비밀 탐색 명령어를 익힐 때보다 더 섬뜩한 무엇이 등골을 훑고 지나갔다.

'어쩐다?'

후들거리는 다리를 지탱하며 생각했다. 전 같으면 작전상 후퇴를 고려할 수도 있겠지만 지금은 여러 대안을 돌아볼 여유가 생긴 강토······.

뇌 압박?

차선책을 하나하나 짚어 나갔다. 황 행정관의 뇌에 산소 공급을 줄여 의식을 흐리게 할 수도 있고 공포나 불안을 작렬시켜 비밀의 서랍 쪽의 변화를 기대할 수도 있었다. 뇌의 상태가 변하면 기억 창고의 견고함도 변화가 올 수 있었다.

다만 부작용이 걱정이었다. 비밀의 서랍이 너무 견고하므로 조율에 실패하면 황 행정관이 기절할 수 있는 것이다. 그렇게 되면 황 행정관은 의무실로 실려 간다. 대통령 앞에서 자백을 받아낼 기회를 놓치거나 미루게 되는 번거로움이 따를 수 있었다.

힘이 있으되 밀어붙이기 곤란한 상황.

'그렇다면 반대!'

강토는 강공의 반대쪽에 있는 화친을 택했다. 여자는 봄에 약하다. 봄이 오면 꽃이 피고 새싹이 나므로 약해지는 게 아니다. 빛 때문이었다. 동공을 차고 들어오는 온화한 빛. 그 빛이 전전두엽과 시상하부와, 호르몬 공장인 뇌하수체를 자극해 싱숭생숭한 마음을 만드는 것.

결정을 내린 이상 주저할 건 없었다.

'봄의 설렘!'

눈동자를 최대한 자극해 벌리며 매직 뉴런을 재입성시켰다. 강토는 보았다. 매직 뉴런이 지나가는 뇌의 통로가 아까와는 다르게 열리는 걸. 원래 웃는 상의 황 행정관이지만 웃음의 순도가 다르게 보였다. 사무적인 웃음이 아니라 설렘이 만들어 낸 미소였다.

경계심이 풀리자 서랍이 열렸다. 시도는 성공이었다.

〈나윤심〉

여자 이름이 최초로 반응을 했다.

그녀와 차를 마시고, 둘이 유럽 여행을 하는 장면도 보였다. 청와대에 오기 전이었다. 황 행정관이 시민단체에서 일하던 때였다. 장면은 베네치아의 야외 카페에서 멈췄다. 잠자리 선글라스를 쓴 두 동양 여자. 테이블에는 갓 요리한 달팽이 요리가 김을 모락거리고 있었다. 강토는 아른거리는 기억들을 필사적으로 당겨보았다.

"우리끼리 우아하게 한잔?"

나윤심이 잔을 따랐다. 와인은 레드였다.

"제가 드려야죠."

황상희는 황공한 표정이다.

"마음 탁 트이네."

나윤심은 그 말 뒤에 감췄던 본론을 이어놓았다.

"우리 그이 청와대 가는 거 불발이야."

"어머, 어떡해요? 그렇게 애쓰셨는데……."

"김 회장님하고 인연 있다고 주변에서 태클을 건다네."

"그런 말도 안 되는……."

"그래서 말인데… 자기 청와대 보내줄 테니까 나 좀 도와줘."

"제가요?"

"그이가 못 가니 분신이라도 보내야지. 회장님 불쌍해서 어떡해. 능력 있는 분인데 대통령의 동생이라는 이유만으로 씹히는 건 그렇잖아? 어떻게 돌아가는지 대처하지 않으면 매장당할 수도 있어."

"……."

"한 다리 거쳐서 자리 마련해 줄 테니까 대통령과 영부인 마음 사로잡아요.

자료는 다 건네줄 테니까 자기 특유의 친근함과 성실로… 알지?"

나윤심…….

기억을 재조합한 강토는 그녀의 남편 정보를 찾아보았다. 나윤심의 남편, 나윤심의 남자… 그의 이름은 마찬진이었다.

마찬진. 여당 중진 의원.

OK!

강토는 비로소 숨을 돌렸다.

"혹시 모르시나요?"

만면에 느긋함이 실린 강토, 물 잔을 집으며 다시 물었다.

"내가 대답해야 하는 일인가요?"

황 행정관은 방어 모드에 들어가 있었다. 살포시 구겨진 미간을 따라 긴장감이 내려온 얼굴은 그녀가 얼마나 노련한 사람인지를 반영해 주고 있었다.

"그럼 다른 걸 묻죠. 5월 말일의 종로입니다. 한정식집이군 요."

"……?"

"이름은 향정각, 청와대 여직원과 기자 한 사람이 그곳에서 식사를 했습니다. 여직원이 기자에게 청탁을 했습니다. 기사에 올라갈 이름 중에서 두 명만 빼달라고……."

"……"

"두 사람은 김중일과 양중관입니다. 모르십니까?"

"……"

황 행정관의 주먹이 그러쥐어지는 게 보였다. 포커페이스를 유지하기 위해 안간힘이다. 강토는 하나도 서두르지 않았다. 그녀의 숨뇌를 슬쩍 자극해 호흡 박동을 더 올려 버린 것이다. 포커페이스도 별수 없었다. 이마의 땀은 홍수, 거기에 더해 불 뚝거리는 심장…….

'승부수를 날릴 차례……?'

강토의 입가에 싸늘한 미소가 스쳐갔다.

칸막이 뒤에는 대통령이 있다. 존귀하신 옥체를 오래 기다 리게 하는 것도 불경죄. 그분이 지루함을 느끼기 전에 강토는 매듭을 짓기 시작했다.

"생각나지 않는다면 힌트를 드리지요."

"……"

"나윤심, 그 사람을 청와대로 소개한 사람. 물론 한 다리 건

너긴 했지만!"

강토의 눈에서 불꽃이 튀기 시작했다. 목소리 또한 변했다. 방금 전의 소리가 부드러운 평상심의 그것이라면 이제는 심판자의 묵직함이 배인 소리였다.

"……!"

"그리고… 최종 의뢰자는 마찬진!"

마찬진!

거기까지가 황상희의 보루였다. 두 개의 이름이 거푸 호명되자 그녀는 물 잔을 들었다. 하지만 마시지 못했다. 갑자기 몸이 부들거리며 잔을 떨구었고, 잔은 바닥에서 박살이 나버린 것이다. 그리고… 박살 난 잔처럼 뇌의 산소 균형이 깨지면서 의식을 잃어버렸다. 여자의 얼굴은 시퍼렇게 변한 후였다.

"……?"

놀란 덕규가 강토를 바라보았다. 기절로 병원에 실려가면? 상황이 변할 수도 있는 일이었다. 하지만 강토는 그녀의 기절조차도 허락하지 않았다.

이내 뇌 속에 산소농도를 끌어올리며 의식을 되찾아온 것이다. 지금은, 심판자의 시간. 그 무엇도 방해가 되기를 원치 않았다.

강토의 카리스마… 묵직하게 실내를 장악하고 있었다. 그 분위기에 압도된 장철환과 마고 아줌마는 있는 듯 없는 듯 숨을 죽이고 있었다.

"말씀하시죠."

황 행정관을 부축한 강토는 쉴 새 없이 닦아세웠다.

"나는……."

"……."

"몰라요!"

잡아떼기.

그녀는 입술까지 깨물며 부정을 했다. 생긴 것하고는 달리
모진 여자였다. 그것도 아니면 자기가 모시는 사람에 대한 충
성도가 강철처럼 단단하든지.

고결한 충성. 그러나 그녀는 방향을 잘못 잡았다. 여기는
청와대. 그만한 충성을 바칠 인성이라면 그 방향은 당연히 대
통령이어야 했다.

생각보다 독종을 만난 강토.

하지만 염려하지 않았다. 강토의 매직 뉴런은 그녀의 뇌 안
에 있었다. 그 안에서 할 일 없이 놀고 있지 않았다. 가지런히
대기하다 강토의 명령을 받은 것이다.

'비밀 고백!'

뉴런들이 명령을 따라 움직였다.

김일범과 나윤심, 마찬진의 기억이 죄다 봉인을 풀고 나온
것이다. 생각지 않았지만 그 기억으로 생각이 가득 차버린 황
상희.

김일범, 김일범, 김일범……

그녀의 머리에는 온통 김일범과의 기억이 수습 불능으로 바글거리고 있었다.

"김일범 회장님은……."

황상희, 자신도 모르게 김일범과의 관계를 술술 늘어놓고 말았다.

그녀가 김일범을 만난 회수는 무려 20여 회. 대통령과 영부인의 신임을 받고 있는 데다 인사수석실에 근무하면서 조력자의 위치에 있었던 그녀. 덕분에 모든 의혹의 시선을 피한 그녀였다.

"자네였어?"

자백을 마친 황 행정관 앞에 장철환이 다가섰다.

"죄송합니다."

그녀가 고개를 떨구었다.

"그 말을 들을 분은 따로 계시네."

"……?"

장철환의 신호와 함께 두툼한 칸막이가 걷혔다. 그 뒤의 두 사람. 대통령과 육 비서관이었다. 대통령의 위치는 바로 칸막이 앞. 그러니까 약 1미터 정도의 사이를 두고 황 행정관의 자백을 들은 것이다.

"대통령님……."

상기되는 황 행정관 얼굴에 대통령의 물 잔이 날아왔다.

"죄송합니다."

물 잔을 뒤집어 쓴 황 행정관이 울먹거렸다.

"데리고 나가요!"

대통령이 육 비서관에게 말했다. 육 비서관은 황 행정관의 팔을 끌고 나갔다.

"……!"

잠시 실내에는 침묵이 감돌았다. 대통령도 장철환도, 강토도 입을 열지 않았다. 그저 마고 아줌마가 쿨럭 목에 걸린 가래를 넘겼을 뿐.

"이강토 실장이라고 했나?"

그제야 대통령이 강토를 바라보았다.

"예!"

"차일환 박사에게서 뇌파 다루는 법을 배웠다고?"

"……?"

금시초문의 말이 나왔다. 하지만 이내 짐작했다. 장철환이 그런 식으로 격을 높여준 모양이었다.

"예……."

"수고했네. 덕분에 한시름 덜었어."

"고맙습니다."

대통령의 시선이 강토와 마주쳤다.

순간, 강토의 심장이 덜그럭거리며 발칙한 생각 하나를 뇌에다 전송했다.

대통령의 비밀.

뭘까?

느닷없이 떠오른 생각에 강토는 잠시 주저했다.

상대는 무려 대통령이었다. 그러나 다시없을 기회. 대통령까지 섭렵하고 나면 누구를 상대해도 긴장하지 않을 경험이 되어줄 일.

하지만 지직거리는 매직 뉴런을 세웠다. 어려운 일도 아니지만 지금은 정보 누설자를 찾으러온 몸. 그렇기에 방향을 틀었다. 비밀보다 장철환에 대한 신뢰도를 알아보는 쪽으로 선회한 것이다.

두 가지 기억이 나왔다.

─평균치 이상의 신뢰도.

─그러나 업무 만족도는 보통.

지난번 장관 인선에서 문제가 생긴 것이다. 부분 조각 때 장철환은 미스를 범했다. 장관 하나에게 과거 부적절한 행위가 있었고 그로 인해 차선책을 선택했던 것.

'이번에는……'

대통령의 기억에는 조건이 들어 있었다. 또 한 번 실수가 되풀이 되면 장철환을 경질할 수도 있다는 뜻이었다. 대통령에 대한 스캔은 그것으로 끝냈다. 일을 맡은 청와대에서 수장인 대통령의 정보를 담아나간다는 건 직업윤리에 어긋나는 일이었다.

"장 수석, 교체될 수석들에 대한 인성과 도덕성 검증을 이 친구들 팀에 맡기고 싶다고 했었나?"

그 사이에 대통령이 장철환에게 물었다.

"그렇습니다."

"그 일도 잘 부탁해요!"

대통령의 시선이 강토에게 건너왔다. 수석 검증 오더가 떨어지는 순간, 강토는 '나이쓰' 소리가 튀어나오는 걸 간신히 참았다.

제4장
대통령과 인증 샷

"그리고……."

대통령이 숨을 고를 때 장철환이 말을 이으며 웃었다.

"이 팀들이 대통령님과 기념 촬영을 원합니다만."

"못할 거 있나?"

대통령은 흔쾌한 수락을 밝혔다.

찰칵!

찰칵!

사진을 찍었다. 세 장은 청와대 사진사가 직접 찍었다. 셀카도 찍었다.

"요즘 사람들 셀카 좋아하잖아?"

젊은 감각을 가진 대통령의 제의였다.

그 말에 제일 좋아한 사람은 마고 아줌마였다. 셀카는 덕규 핸드폰으로 찍었다. 마고 아줌마의 폰이 좀 구린 까닭이었다.

"일 마무리되면 다음 검증 건하고 고마운 인사도 전할 겸 밥 한번 쏘러 가겠네."

주차장으로 나오며 장철환이 말했다.

"고맙습니다."

강토가 대답했다.

"천만에, 인사는 내가 해야지. 자네가 덜렁거리는 내 모가지를 붙여준 걸세."

"별말씀을……."

"컨설팅 비용은 오늘 중으로 입금될 걸세."

"그렇게 빨리요?"

"무슨 소린가? 미리 주어도 시원치 않을 일을……."

"고맙습니다."

"그리고 이건 그냥 의례적인 거네만 원래 청와대 일은 대외비라네. 자네가 우리 용역을 받았다는 거야 숨길 수 없겠지만 세세한 사항은… 뭐 언젠가 알려질 일이기는 하지만……."

"알겠습니다."

"아무튼 정말 고맙네."

"그럼 또 뵙겠습니다."

"안녕히 계세요!"

강토 뒤에서 덕규와 마고 아줌마도 인사를 보탰다.

부릉!

두 사람의 배웅을 받으며 청와대를 나왔다. 기분 만점이었다.

"이 실장, 우리 어디 가서 막걸리라도 한잔해야 하는 거 아니야? 난 간 떨려서 쓰러질 것 같다고."

광화문으로 나오자 마고 아줌마가 목소리를 높였다.

"그럼 쓰러지세요. 이제는 뭘 해도 괜찮습니다."

"아이고, 무슨 소리야? 내가 왜 쓰러져? 이 좋은 날에… 그나저나 그 화상은 어떻게 잡아낸 거야? 내가 보기에도 사주에 간신살이 있긴 했는데……."

"그게 도움이 되었어요. 다 아줌마 덕분입니다."

바로 둘러대는 강토.

"에이, 뭔 소리? 나도 다 알아. 내가 이제 퇴물이라는 거……. 기본적인 건 몰라도 거기까지는 아니거든."

"아닙니다. 아까 보니까 포스 죽이던 데요 뭐. 아줌마 아직 안 삭았어요."

"그래? 아무튼 지간에 기분 최고다. 내 팔자에 청와대를 다 들어가 보고… 대통령과 단둘이 사진도 찍고……."

"어? 거 인물 한번 자알 나왔다."

신호 대기에 걸린 사이, 덕규가 화면에 사진을 불러냈다. 잠깐 보는 사이에도 제풀에 눈이 풀어진다.

저절로 나온 세로토닌이 행복의 극치를 느끼게 하는 것이다.

"그렇게 좋냐?"

강토가 물었다.

"그럼. 형, 우리 엄마 이 사진 보면 좋아 죽을 거야."

"덕규야, 내 사진도 있지? 그거 빨리 나한테 전송해."

뒤에 있던 마고 아줌마가 재촉을 시작했다.

"흥, 공짜로는 안 돼요."

덕규가 배짱을 튕겼다. 칼자루는 덕규에게 있는 셈이었다.

"뭐여? 그럼 뭐가 먹고 싶은데? 내가 다 사줄게. 여자 원하면 속궁합까지 맞춰서 588 언니도 붙여준다니까."

"으악, 왜 하필이면 588이에요? 우리 엄마가 알면 작살 난단 말이에요!"

마고 아줌마도 덕규 엄마와도 안면이 있는 사이. 아니, 한때는 마고의 단골이기도 했던 덕규 엄마였다. 덕규가 몸서리를 치는 사이에 신호가 바뀌었다. 도로는 시원하게 터졌다. 쭉 터진 광화문을 질주하는 강토의 차량.

첫 단추의 성공.

나아가 이어질 수석비서관 인사의 도덕성 검증 예약. 폭주하는 자동차처럼 미래의 인생까지도 툭 트이는 기분이었다.

운빨이 받쳐줬다. 그 어렵다는 골목길 주차를 단숨에 성공한 것이다. 거기에는 마고 아줌마의 협력도 컸다. 근엄한 표정의 아줌마까지 '네 땅이냐?'고 합세하자 기득권을 주장하던 거주자가 꼬리를 내리고 만 것이다. 차가 생기면서 따라온 부작용이었다. 집 가까이에 대고 싶은 소시민적 사고가 빚어내는 부작용이었다.

"짜식, 우리가 누군 줄 알고."

덕규가 기세를 뿜으며 돌아설 때였다. 벙커 출입구를 턱 하니 막아선 세단이 보였다. 작은 진지 하나 뺐고 안방을 털린 격이었다.

"아, 진짜 어떤 싸가지 상실한 인간이……."

덕규가 다가가 목을 주억거렸다. 차 문은 바로 열렸다. 차에서 나온 사람은 이성표였다.

"강토 씨!"

그가 손을 들어보였다. 타이어를 걷어차려던 덕규는 뻘쭘하게 발을 내렸다.

"먼저 들어가서 기다려라."

강토는 덕규를 내려 보냈다.

"나는 차 한 잔 안 주시나?"

이성표가 웃었다.

"누추해요."

"상관없는데?"

"일반적인 주택이 아니라니까요."

"그러니까 더 보고 싶네. 설마 저기 정육점 불빛 나는 데서 일하는 언니들 강제로 잡아다 놓은 건 아니겠지?"

이성표는 허리를 숙인 채 벙커의 숨통으로 불리는 작은 창을 기웃거렸다.

"거기 언니들은 아무한테나 안 잡혀가요. 오히려 웬만한 남자들이 잡혀가지."

"하긴 나도 예전에는 몇 번 잡혀 들어간 적 있었지."

이성표가 웃었다.

"들어가세요."

하는 수 없이 벙커를 가리키는 강토.

"차 줄 거야?"

"아까부터 기다린 모양인데 별수 없죠. 대신 마음에 안 들면 바로 나오세요."

"흐음, 여자가 없다면 마음에 들 리 없지. 기껏해야 홀아비 노린내에 올챙이 뿌린 냄새로 가득할 테니."

그 말을 들은 강토가 걸음을 멈추고 계단을 올려다보았다.

"아아, 조크, 조크!"

이성표는 손사래를 치며 내려왔다.

"이야, 이거 완전 벙커네. 벙커! 자유로운 수컷 영혼들이 살기에 딱인데?"

이성표는 멋대로 야전침대에 누워버렸다. 옷을 갈아입던 덕규가 그를 돌아보았다.

"크하, 이 믹스 커피 말이야 왜 만드나 했더니 바로 이런 데서 마시라고 만드는 모양이군. 여기 분위기랑 궁합이 딱인데?"

믹스 커피를 받아든 이성표가 뻑간 표정을 지었다.

"이거 자판 커피에 물 조금 탄 맛이에요. 사장님 같은 분 혀에는 안 어울리죠."

강토도 한 잔을 받아 입술을 축였다.

"어떻게 됐어?"

커피를 내려놓은 이성표가 느닷없이 고개를 내밀었다.

"뭐가요?"

"왜 이래? 나도 나름 인포메이션 네트워크가 있는 사람이야."

이성표는 다 안다는 듯한 표정을 지었다.

"알고… 계세요?"

"청와대?"

"……."

"해냈어?"

그는 애꾸눈을 한 채 그 눈앞에다 손가락 동그라미를 겹쳐 보였다. 성공이냐는 뜻이었다.

"……."

"아, 사선을 넘어온 사이에 왜 그래? 강토 씨 시험해 보고 괜찮으면 청와대 고민거리 하나 맡길 거라고 장 고문님이 그랬거든."

"……."

"말하기 곤란?"

"그럼 내가 이 사장님이랑 사선 넘은 거 아무한테나 빵빵 나불거리면 좋겠습니까?"

강토가 받아쳤다.

"그건 안 되지."

"그럼 묻지 마세요."

"오케이. 뭐 표정 보니 성공인 모양이군. 그럼 다행이야."

"뭐가 말입니까?"

"말해야 하나? 그럼 나만 아무한테나 빵빵 나불거리는 꼴이 되는데?"

이성표는 바로 강토에게 한 방 먹였다.

"실은 말이야 강토 아버지 컴백……."

아버지의 얘기가 나왔다. 강토의 시선이 이성표에게 꽂혀갔다.

"당한 사장이 노중권을 찾아가서 읍소한 모양이야. 원래 끼리끼리 노는 법이잖아?"

'노중권?'

이름 하나로 피가 덥혀지는 강토.

"하지만 강토 씨가 청와대 일에 성공했다면 걱정할 거 없지 뭐. 요즘 세상 아무리 청와대가 안주거리라지만 그만한 배경도 없으니까."

"무슨 말씀이신지……."

"그냥 한 말이고……. 이거나 받아."

어깨를 으쓱해 보인 이성표가 봉투를 내밀었다.

"뭐죠?"

"M&A 사례금."

"그건 벌써 받은 걸로 아는 데요?"

"아버지 회사?"

"예."

"그거야 번외로 일어난 외전 같은 거고……. 난 계산 확실하게 해야 속이 편한 사람이거든. 열어 봐."

이성표는 강토 가까이 봉투를 밀어놓았다.

"……!"

강토가 펴보니 수표 열 장이 들어 있었다. 일천만 원짜리 열 장이었다.

'일 억?'

금액에 놀란 강토가 고개를 들었다.

"적나?"

이성표가 물었다.

"그게 아니라……."

"뭐 솔직히 적은 건 인정해. 하지만 강토 씨가 프로그램 초기에 없던 사람이라 내 배당에서 짤라줘야 하는 일이라 말이야."

"뒤탈 없는 돈입니까?"

"당연하지. M&A는 합법이에요, 합법!"

"그럼 이거 도로 가져가세요."

강토는 느긋해하는 이성표에게 봉투를 돌려주었다.

"적어서?"

"계산 확실하게 하자면서요? 애당초 우리 아버지 컴백을 걸고 한 일이니까 계산은 끝난 것 같아서요."

"이 사람, 그거야……."

"저를 만났던 거 사장님의 뜻은 아니었죠?"

강토가 물었다. 단단한 시선은 허튼 틈이 없어 보였다.

"그거야……."

"하지만 지금은 사장님 뜻으로 오셨겠죠?"

"물론……."

"저도 지금은 제 뜻으로 사장님을 대하고 있는 겁니다."

"제의가 있군?"

이성표가 몸을 바로 세웠다. M&A의 강자답게 타짜의 본능이 살아 있는 그였다. 척 분위기만 봐도 감을 잡는 것이다.

"그렇습니다."

"이거 내가 날을 잘 받은 모양인데?"

"다른 판 하나 더 없습니까?"

"돈 놓고 돈 먹기?"

"예."

"왜 없겠나? 내 직업이 그 일인데……."

"그럼 한 판 더 하시죠."

"진짜?"

이성표는 반색을 하며 나섰다. 그 역시 강토를 회유할 목적으로 찾아온 길이었다.

"얼마짜리 있습니까?"

"메뉴야 다양하지. 몇 억부터 몇 천억, 몇 조까지."

"우리 아버지가 취임한 회사 있죠?"

"다물 ENG?"

"그 회사 경영권을 실질적으로 우리 아버지에게 넘겨주는 수준으로!"

"지난번 옵션을 상쇄하자?"

"싫습니까?"

"천만에. 기왕 자네랑 하는 거면 대박을 건드려 보려고 그러지."

"아버지 회사가 먼저입니다."

"흐음, 좀 섭섭하지만 나쁠 거 없지. 어차피 판은 널리고 널렸으니까."

"이거 새로 만든 제 명함입니다."

강토는 그제야 '삐 컨설팅' 명함을 건네주었다.

"청와대로 들어가는 게 아니군?"

이성표가 물었다. 그는 상황을 제대로 파악하고 있는 눈치였다.

"갑갑한 건 싫어서 말이죠."

"명함을 판 걸 보니 프리로 뛰겠다는 뜻이고?"

"예!"

"젠장, 내가 한발 늦었군. 명함 파기 전에 동업자로 스카웃 했어야 하는 건데⋯⋯."

"동업자가 아니고 쫄이었겠죠."

"허얼, 족집게네."

"앞으로 많이 도와주십시오."

"내가 할 말이야. 다른 건 몰라도 절대 내 적은 되지 말게 나."

"적이 되지 않으려면 제게 해를 끼치지 않으면 되는 거죠."

"그런 의미에서 이건 강토 씨 것. 아니, 이 실장?"

이성표는 다시 봉투를 내밀었다.

"이 사장님!"

"낙장불입 알지? 어차피 줄 작정으로 가져온 것이니 넣어두 시게. 사무실 안 구했으면 그것도 필요할 테고."

사무실!

그렇잖아도 그걸 염두에 두었던 강토. 여기 저기 부동산 중 개업소에 오더를 내기도 했기에 달리 할 말이 없었다.

"좋습니다. 더 사양하는 것도 그러니 고맙게 받아두죠."

강토는 봉투를 받아들었다.

"그럼 적당한 매물 고르는 대로 연락하겠네. 기대하시게."

"그러죠."

이성표가 벙커를 나갔다. 강토와 덕규는 계단을 올라가 그가 가는 걸 지켜보았다.

"형!"

차가 골목을 나가기 무섭게 덕규가 돌아보았다.

"궁금하면 봐라."

강토는 봉투를 열어보였다.

"우워어어, 이게 다 얼마야?"

수표를 확인한 덕규는 반은 넋이 나가 버렸다.

1억. 오늘의 대한민국에서 어떻게 보면 큰돈도 아니다. 하지만 덕규 역시 돈의 소중함을 알고 있었다. 아르바이트로 흘린 땀의 경험 덕분이었다.

잠시 후 마음을 다스린 덕규가 진술하게 말했다.

"축하해 형."

"고맙다."

"아니야. 난 형이 뭐가 되어도 될 줄 알았어. 놀아도 나랑은 격이 달랐잖아? 마음 씀씀이도 그랬고."

"너무 안 띄워도 돼."

"진심이야. 형은 누릴 자격 있어."

"아무튼 건당 매출이 이 정도인 회사라면 너네 엄마도 좋아하시겠지?"

"당연하지. 우리 엄마는 무조건 형 편이니까."

"그럼 이제. 마고 아줌마 불러서 뒤풀이 한잔 꺾어야지?"

"우리 청와대 팀?"

"그래, 우리 청와대 팀!"

덕규의 말을 강토가 받았다. 둘의 가슴에는 자부심이 피어올랐다. 자리만 사람을 만드는 게 아니다. 일도 사람을 만든다. 청와대를 다녀오면서 덕규도 변했다. 반가운 일이 아닐 수 없었다.

청량리 시장 뒷골목에서 한잔 꺾었다. 대짜 족발을 두 개나 시켰다. 그래봤자 개당 15,000원이다. 언젠가는 그 돈이 아까워 5000원짜리 꼬마 족발로 만족해야 했던 강토. 대짜를 두 개나 펼쳐놓으니 천국이 따로 없었다.

"아!"

아줌마가 쌈을 싸서 강토 입에 내밀었다.

"아줌마, 나는요?"

덕규가 질투를 날렸다.

"어허, 똥물도 파도가 있는 법."

아줌마는 강토만 챙겼다. 자기 소원을 이루어준 사람이란다.

"그럼 아가씨도 한 입 챙겨드려도 될까요?"

강토도 마고 아줌마를 챙겼다.

"아이고, 우리 이 실장은 말뿐새도 이쁘지. 다들 아줌마라고 구박 주는 판에."

받아먹는 아줌마의 볼에 홍조가 서렸다. 인상은 근엄하지만 그 본질에는 결혼 안 한 아가씨의 수줍음이 숨어 있는 것이다.

"울라? 아줌마, 우리 형한테 꽂힌 거?"

덕규가 끼어들었다.

"오냐. 꽂혔다. 왜? 나는 좀 쓸 만한 총각 좋아하면 안 되냐? 같은 처녀 총각인데?"

"아, 진짜… 아줌마가 무슨 아가씨예요? 유효기간 경과인데……."

"뭐야? 네가 어떻게 알아? 나 아직 폐경 전이야!"

발끈한 아줌마가 벌떡 일어나 소리치자 주변 술 팀에 섞여 있던 중년 여자들이 까르르 웃었다.

막걸리는 달았다. 족발도 달았다. 모든 게 달았다.

이 맛에 살지.

*   *   *

바아아앙!

다음 날, 강토 차는 고속도로를 질주하고 있었다. 조수석에는 덕규였다. 둘은 선글라스까지 갖춰 썼다.

"형, 좀 더 밟아봐."

덕규가 소리쳤다.

"실장님!"

"아, 죄송……."

"나 어떠냐?"

강토가 얼굴을 돌렸다. 잠자리 선글라스가 얼굴 가득 반짝거렸다. 선글라스만이 아니었다. 둘은 양복도 새로 구입했다. 옷이 날개라더니 그 말이 딱이었다. 꼬질거리던 백수 느낌은 간 곳이 없고 세련미가 좔좔 흐르는 둘이었다.

"아주 죽입니다요, 실장님!"

덕규는 넙죽 인사까지 붙였다.

"다음 휴게소부터는 네가 운전이다."

"크크큭, 그러게 운전은 아랫것들에게 맡기라니까요, 실장님!"

"왜? 불안하냐?"

"그럴 리가 있습니까요, 몸 둘 바를 몰라서 그러지요, 실짱님!"

덕규는 '장' 자에 힘을 주었다.

"죽을래? 그만해."

"알겠습니다. 실장님!"

"아무튼 죽인다. 그렇지?"

"예, 실장님!"

"황덕규!"

"아, 알았어요. 이건 붙여도 탈 안 붙여도 탈……."

"어머니한테는 전화했지?"

"당연하지. 대통령하고 찍은 사진까지 전송했으니 시루떡 해놓고 기다릴지 몰라."

"시루떡?"

"저번에도 취직했다니까 동네 떡 돌린다는 거 말렸었거든."

"크헐, 너희 어머니도 참……."

"아무튼 삐 컨설팅 실장님 고맙습니다. 앞으로도 잘 부탁드려요."

"오냐!"

강토는 빙그레 웃으며 속도를 줄였다. 저만치 앞에 과속 단속 측정이 있다는 멘트가 나온 것이다. 이제는 모든 게 여유로웠다. 설령, 과속에 걸린다고 해도 웃어넘길 여유까지 있었다.

그전이라면…….

피 같은 범칙금 6만 원에 치를 떨겠지만 이제는 그렇게 꼬질한 형편이 아니었다.

선물도 넉넉하게 준비했다. 청량리 정육 시장에서 한우 갈비를 마련한 것이다. 백화점처럼 고가는 아니지만 덕규는 눈물까지 글썽거렸다.

"남자가 쪼잔하게, 다음 선물은 어머니 집 사드려라!"

강토는 뒤통수를 후려침으로써 덕규의 말문을 막아버렸다.

차는 톨게이트를 지나 시골 도로로 들어섰다.

"실장님, 커브 돕니다."

운전대를 넘겨받은 덕규는 에스자로 휘어지는 도로를 돌았다. 그리고… 네비게이션이 종료를 알리는 그 순간…….

"……!"

강토와 덕규는 입을 쩌억 벌린 채 말을 잊고 말았다.

"우워어어, 우리 엄마 진짜…….."

덕규가 거품을 뿜으며 넘어갔다. 그럴 만도 했다. 동구 밖 커다란 느티나무 앞. 그 앞에 현수막이 펄럭이고 있었다. 현수막의 문구도 기가 막혔다.

〈가문의 영광 588 황룡 황덕규, 청와대 방문 경축!〉

588 황룡?

기막힘은 고 아래 쪽으로도 이어졌다.

〈대통령 만난 우리 아들 황덕규〉

〈황덕규 엄마 이수자!〉

"푸하하핫!"

강토는 배를 잡고 나뒹굴었다. 어떻게 웃지 않을 수 있을까?

"아, 진짜 쪽 팔리게……. 588이 뭐야? 588이…….."

차에서 내린 덕규가 현수막을 보며 씩씩거렸다. 바로 그 뒤쪽에서 다가오던 경운기가 육중하게 멈췄다. 그리고 이어지는 용감한 목소리.

"아더어얼!"

강토와 덕규가 동시에 돌아보았다. 경운기 위에 덕규 어머니가 있었다. 몸뻬 바지를 배꼽까지 당겨 입고 목에는 빨간 수건을 걸친 차림. 그걸 보자 강토는 또 쿡쿡 창자를 접으며 웃어버렸다. 옷 때문이 아니었다. 경운기에 펄럭이는 깃발 때문이었다. 문구는 이랬다.

〈취업대장군 황덕규 만만세!〉

〈황덕규 엄마 이수자!〉

취업대장군은 장승에 쓰인 천하대장군에서 따온 거 같았다. 보는 데서 웃으면 안 될 것 같아 강토는 차 뒤로 기었다. 거기서 바퀴를 부여잡고 미친 듯이 웃어버렸다. 얼마나 웃었을까? 누군가 등을 건드렸다.

덕규겠지.

강토는 웃음을 끊으며 고개를 들었다.

"……!"

덕규가 아니라 덕규 어머니였다. 어머니는 다짜고짜 강토를 돌려세우더니 넙죽 큰절을 바쳐왔다.

"왜, 왜 이러세요?"

놀란 강토가 덕규 어머니를 만류했다.

"벨시럽게 우짜 그라요? 나가 우리 덕규에게 다 들었지라잉. 우리 아들 채용하고 청와대도 데려갔다면서라? 그랑께 나 맴이 울매나 조은지 아씨요?"

덕규 어머니는 외계어를 작렬하며 자동으로 절을 해댔다. 이쪽 지방 사투리인 모양이었다. 강토는 대충 해석하며 어머니를 말리느라 바빴다.

"야, 황덕규, 부실장!"

난감한 마음에 덕규를 찾는데 대답은 나무 위에서 들려왔
다.

"예? 실장님!"

덕규는 나무 위에 있었다. 위쪽 가지를 잡고 줄을 향해 다
가서다 멈춘 자세였다.

"너 뭐하냐?"

강토가 묻자 덕규는 절규에 가깝게 소리쳤다.

"현수막 떼려고. 쪽 팔리잖아."

동네잔치 열렸다. 마당이 가득 찼다. 덕규 어머니의 목소리
는 하늘 높은 줄 모르고 올라갔다.

"아따, 아그야. 이리 뽀짝와바야!"

덕규를 옆자리로 끈 어머니, 입에 침이 뛰기 시작했다.

"그랑께 요 손이 바로 시방 대통령하고 악수까정 하고 온 손
이다 이것이여."

어머니의 손에는 덕규 오른손이 잡혀 있다. 벌써 백 번도 흔
든 거 같았다. 문제는 흰 장갑까지 끼워주었다는 것.

이장님이 좀 벗기라고 해도 신줏단지 모시듯 하는 어머니였
다.

"다들 영광으로 알랑께. 나가 이런 아들 둔 사람이어, 우짤

것이여?"

어머니는 눈썹을 휘날리며 마당을 누볐다. 그렇다고 참석 인원이 많은 건 아니었다. 산자락으로 한참 올라온 곳에 자리한 마을. 다해야 열 가구 남짓 되었다. 거기서 강토와 덕규는 '애기'였다. 마을에 주민등록이 된 사람 중에서 가장 어린 사람이 58세였으니 그럴 만도 했다.

한바탕 웃음이 오간 후에 잔치 음식이 든 가마솥이 열렸다.

"으악, 내가 좋아하는 백숙!"

덕규는 서울에서는 볼 수 없는 백숙의 웅장한 포스에 몸서리를 쳤다. 세월을 녹여낸 가마솥 안에는 장닭과 암닭이 무려 열 마리나 들어 있었다. 그 배에는 더덕이며 도라지, 잔대 뿌리가 가득하고 각종 버섯과 산열매도 듬뿍이다. 그것으로도 모자라 밤과 대추며 약초 뿌리들이 둥둥 떠다니니 한약방이 따로 없었다.

"자, 요것은 우리 팀장님 것. 우리 아덜 델꼬 댕기느라 울매나 고상해 부렀겠소? 볼태기 미어지도록 허벌나게 묵어싸소!"

덕규 어머니는 강토부터 챙겼다. 세숫대야만 한 장닭을 통째로 건져준 것이다. 두 번째는 당신의 자랑인 덕규였다. 나머지 닭은 동네 어르신들이 둘러앉아 사이좋게 뜯었다. 가마솥에 광솔로 불을 넣어 그런지 잡맛이 하나도 없는 진국이었다.

"팀장님 많이 잡솨요, 잉!"

어머니는 잊을 만하면 강토를 챙겼다. 차마 미안할 정도였다.

"어머니도 좀 드세요!"

강토는 뒷다리 하나를 찢어서 어머니에게 건네주었다. 기뻐하는 모습을 보니 안 먹어도 배가 부를 판이었다.

"아따, 다덜 배때지 뜨뜻해졌으면 여기 좀 보시랑게요!"

슬슬 배가 부르기 시작할 때 덕규 어머니가 소리쳤다. 그녀의 손에는 덕규가 뽑아온 사진액자가 들려 있었다. 문제의 그 사진이었다. 대통령과 청와대에서 찍은 때깔나는 인증샷…….

"요 밸시럽게 잘쌩긴 남자가 누군고 하니 바로 우리 아들이랑게요. 다들 오지게 먹고 어디 좋은 혼사 자리 있으면 중신 좀 놓으씨오. 잉? 아, 말이 났응께 말이지 요즘 세상에 대통령 만나는 직장 들어가는 게 어디 쉽당가요?"

어머니, 목이 부러질 기세다.

"엄마, 뭐 그렇게까지는 아니고…….'

보다 못한 덕규가 말리고 나섰다.

"아그야, 니는 뺄소리 하덜 말고 가만하나 있그라, 잉? 우리 면에서 서울 유학 간 아그들 졸업하고 맬갑시 노는 애들이 몇인지 아냐? 다들 9급 공무원 셤 본다고 난리법석인디 니는 시방 대통령 만나고 안 댕기냐? 니가 대빡이어, 대빡!"

어머니는 막무가내였지만,

"오매, 요즘 취직 아무나 하나? 택도 없다."

"성님은 씨알이 백힐 이약얼 허씨요. 갸덜은 폴새 글러먹었
당께."

동네 사람들까지 가세하는 바람에 덕규는 입을 닫고 말았
다.

"잘들 보씨오. 그라고 앞으로 뭔 일 있으면 나한테 야그들
하씨오. 우리 아덜이 이런 사람인께!"

어머니는 동네 사람 하나하나의 얼굴 앞에 액자를 흔들며
인증을 해댔다.

"아따, 누님, 자랑 좀 그만하소. 참말로 노총각 가심 아퍼
죽겠당께……."

보다 못한 58세 노총각이 어머니를 막았다.

"누가 동상보고 혼자 살라고 했능가? 남의 나라 여자라도
꼬셔서 데려오란 말이여. 심 닿는 대로 혀봐야지라이."

어머니, 기가 꺾이기는커녕 오버도 마다하지 않는다.

"오매, 그란다고 몰악스럽게 소락떼기를 질러야? 참말로 누
님은 알지도 못함시롬……."

노총각은 설움이 좔좔 끓는 눈을 위아래로 흘겨댔다.

"염빙하고 자빠졌네. 모르긴 나가 뭘 몰라? 산전수전에 공
중전까지 겪은 몸이여."

어머니가 닦아세우자 노총각 옆에 있던 노인이 절대 비밀
을 발설하고 말았다.

"수자야, 고만해라. 우리 양길이 인자 총각 아니다. 거시기

뭐다냐 양물이 우리 허리마냥 꼬부라 자빠져서 일어나질 않는단다. 우리가 작년에 온천 가서 다 봐뻬렸다."

"아따, 큰 형님은 참말… 그게 아니랑게요. 그때는 그 뭣이냐 고추 끝이 작꾸에 낑겨서 다치는 통에……."

"워매, 고것이 월매나 크면 작꾸를 뚫고 나온다냐?"

듣고 있던 할머니들이 동문서답을 하자 마당의 웃음꽃은 절정에 이르렀다. 강토와 덕규는 웃음 속에서 닭을 알뜰히 뜯었다. 덕규네 마당의 밤은 그렇게 깊어갔다.

이른 아침, 산에서 내려온 공기는 맑았다. 그 공기를 맡으며 아침상을 받았다. 상에는 정다운 시골 반찬과 나물 장아찌, 두드려 구워낸 더덕 등이 가득했다.

"우리 실장님 많이 드셔, 잉?"

어머니는 쉴 새도 없이 반찬을 강토 앞에 밀어주었다.

"그라고 니, 뭐다고 자빠졌다냐? 찬물도 우아래가 있는 것인디."

먼저 수저를 든 덕규에게 협박까지 일삼는 어머니.

"엄마는……."

"나가 뺨딱지를 탁 쌔러불랑게. 니, 실장님 제대로 못 모시면 국물도 없을 줄 알랑게!"

"걱정 마세요. 강토 형은 내 은인이라니까요. 나쁜 놈들에게서도 구해주고 지긋지긋하던 편두통도 낮게 해줬어요."

"편두통까정?"

"그렇다니까요."

"실장님이 의사여?"

"의사는 아니지만 의사보다 더 나아. 우리 실장님이 머리 아픈 건 손만 대면 끝이라니까."

"그, 그라몬 나도 좀 안 될랑가?"

어머니는 가련한 눈빛을 하며 강토를 바라보았다.

"어디 불편하세요?"

"나가 시방 불면증이 생겨가지고… 요것이 그랗게 뭣이다냐 그 갱년기? 맞다. 갱년기 때부터 따라온 것인디 인자 마음이 편한 데도 징허게 붙어가지고서 참말로 성가시게 하구만이."

"잠깐만요!"

강토는 숟가락을 놓으며 덕규 어머니에게 다가앉았다. 손은 지압 자세로 바뀌었다. 어르신들은 실질적인 걸 좋아한다. 닿고 만지고 주물러야 마음이 놓이는 것이다.

"형!"

덕규가 강토를 바라보며 나지막이 말을 이었다.

"뇌파 맞아요?"

"글쎄."

"……."

"대충 맞는 거 같은데?"

"아싸!"

덕규는 주먹을 쥐며 좋아했다.

정수리부터 지압을 하는 척하며 매직 뉴런을 출격시켰다. 물론 강토는 의사가 아니다. 무면허 의료행위를 할 생각도 없었다. 그러나 한 가지는 알고 있었다. 제 3의 눈으로 불리는 송과체. 그곳에 분비되는 멜라토닌의 양이 줄어들면 불면증이 올 수 있다는 것.

어머니의 환대에 보답도 할 겸 강토는 기꺼운 마음으로 뇌 속에 숨은 솔방울을 찾아들었다.

"……?"

솔방울처럼 생긴 송과체를 발견한 강토가 뉴런들을 멈추었다. 어머니의 송과체 주변에는 지방이 많았다. 다행(?)이었다. 인간은 스물한 살을 넘으면서 송과체 주변에 지방이 늘어나게 된다. 이때 지방들이 엉겨 송과체에 압박이 되면 늙어간다는 신호.

'부탁해!'

강토는 매직 뉴런들에게 신호를 보냈다. 뉴런들은 이온추진기로 주변 시냅스들과 힘을 합쳐 지방을 자극했다. 오랫동안 축적되어 밀림을 이룬 지방들. 깔끔하지는 않지만 어느 정도는 떨어져 나가는 게 보였다. 압박이 다소 느슨해지자 멜라토닌의 양이 조금 늘어났다. 멜라토닌은 천연 수면제. 낮에 조금이라도 더 만들어지면 밤부터는 수면에 조금이나마 도움이 될 일이었다.

"머리 가운데 뭉친 피를 풀어드렸으니 오늘부터는 잠이 잘 올 겁니다."

강토는 손가락을 풀며 일어섰다.

"오매, 대그빡에다가 얼음을 부섰나? 속이 다 시원하당께!"

덕규 어머니는 만족스러운 미소를 머금었다.

오전에는 집안일을 도왔다. 아직도 나무를 때는 가마솥을 위해 장작도 패고 미숙한 솜씨나마 집수리도 시도했다. 곳간 정리도 마쳤다. 손이 닿을 때마다 말쑥해지는 걸 보는 것도 기분 좋은 일이었다.

점심은 한우 갈비로 먹었다. 두고 혼자 드시라고 했지만 한 사코 상에 올린 것이다.

텃밭에서 뽑아온 상추를 싸고, 산나물까지 올리니 신선의 밥상이 따로 없었다.

"우리 아덜 잘 부탁한당게요."

"저는 어머니가 안 계시니 제 어머니로 생각하겠습니다. 그 러니 덕규 형이라 생각하고 염려하지 마세요."

서울 갈 채비를 마친 강토가 절로 호의에 답했다.

"오매, 요 사람 된 것 좀 보소. 사주에 나온 것모냥 밴듯하 구만이라."

어머니는 눈물까지 글썽거렸다.

인사를 하고 차에 오르자 어머니는 바리바리 싼 보따리를 덕규 품에 안겼다.

"엄마, 우리가 무슨 살림해요? 이런 건 엄마나 드시라니까."

"아그야, 엄한 소릴랑 말고 실장님 잘 모시거라 잉? 나가 조석으로다가 실장님한테 확인할 테니까 성심성의껏 하란 말이여!"

덕규 어머니는 덕규를 쥐잡듯 몰아세웠다.

"실장님, 잘 가씨요 잉. 아그야, 니도 잘 가고 몸 성히 있그라 잉? 맬갑시 때거리 거르지 말고!"

덕규 어머니의 목소리는 메아리처럼 길게 따라왔다.

"아, 진짜 우리 엄마… 형, 미안해. 그리고 고마워."

냇가를 지나자 덕규가 말했다.

"나도 미안하다. 그리고 고마워."

"형이 뭐가?"

"엄마 말이야, 나는 엄마 안 계시잖아? 엄마가 해주는 따뜻한 밥, 정말 오랜만에 먹었다. 너네 엄마, 어쩌면 그렇게 밥을 맛나게 하시냐?"

"쳇, 그게 뭐 대수야? 방도 구리고 잠자리도 빈대까지 나오던데……."

"물렸냐?"

"나 가려워서 한 잠도 못 잤어."

"그럼 효도한 걸로 생각해라."

"웬 효도?"

덕규가 눈을 동그랗게 뜨며 물었다.

"아니면 그 빈대가 너네 엄마 물 거잖아? 네 피 듬뿍 빨았으니 며칠은 너네 엄마 안 물 거 아냐? 그러니 효도 아니면 뭐냐?"

"으아, 형 진짜 머리 반짝거린다. 전하고 엄청 변한 거 알아?"

"앞으로 같이 반짝거리자."

"진짜?"

"그래. 우리라고 세계 제패 못 하라는 법 있냐? 아주 내친 김에 일본, 중국, 싱가포르에 이어 유럽하고 미국도 장악해 버리자."

"컨설팅으로?"

"뭐가 됐든."

"콜, 형이 가면 나도 간다."

덕규의 다짐과 함께 고속도로가 보였다.

"그럼 실장님, 최선을 다해 서울로 모시겠습니다요!"

덕규가 이정표를 보며 소리쳤다.

제5장
약육강식 입문기

차는 한강을 끼고 달리다 멈췄다. 저만치 앞에 우뚝 솟은 빌딩이 보였다. 융진케미칼이었다.

융진케미칼!

원래는 사무실을 알아보러 갈 참이었다. 그런데 고속도로 휴게소에서 마음이 바뀌었다. 그 휴게소 앞에 버티고 선 광고판 때문이었다.

〈화학의 세계 제패, 융진이 있습니다!〉

붉은색 글자로 힘차게 써내려간 카피. 그 옆에 선 모델이 바로 융진화학을 이끄는 노중권이었다. 단정하게 빗어 내린 머리와 힘찬 얼굴선, 거기에 더한 넥타이와 명품 슈트는 무척 잘 어울려 보였다.

"인물이라니까!"

50대 후반의 관광객 두 사람은 노중권을 좋아하는 모양이
었다. 광고판을 올려보며 좋은 평을 내놓았다. 거기서 빈정이
상했다.

노중권!

기업가로서는 어떨지 모른다. 좋은 학교를 나오고 좋은 기업
에서 능력을 배양해 이제는 한 그룹을 이끄는 CEO가 된 노중
권. 허덕이던 전자를 살리고, 융진토이와 융진엔터까지 국제적
으로 발돋움시켰으며 사장되어가던 건설도 그의 손에서 회생
되었다.

이제는 화학이었다. 다른 기업들이 유가 하락으로 갈팡질팡
할 때 그는 오히려 재고량을 늘려 재가공 시설을 확충했다. 그
건 신의 한 수가 되어 융진화학을 일류로 발돋움시켰다. 고급
정유분야에서 독보적인 존재가 된 것이다.

그룹의 몇 분야를 돌면서 인맥 형성은 절정을 달했다. 몇 몇
기사에서 본 대로라면 그는 다가올 총선에 여당의 혁신적 인
물로 영입되어 서울의 강남에 출마할 예정이었다.

여당이 공을 들이는 인물!

그 말 위로 '호사다마'라는 사자성어가 겹쳐왔다. 아버지가
그랬다. 융진에 납품하게 되면서 기업이 안정된 아버지. 그 이
윤으로 연구 개발에 투자해 하자 제로에 도전해 성공했다. '호

사(好事)'였다.

아버지는 욕심부리지 않았다. 현재의 분야에서 일등이 되기를 원했다. 그렇기에 조금 여유가 있을 때도 다른 분야에 한눈팔지 않고 기술만 개발했다. 결과는 '다마(多魔)'였다. 아버지의 작은 제국은 동맹국과 경쟁국의 합작 꼼수 앞에 속절없이 무너졌다. 아버지는 노중권과 김광술에게 아무런 잘못도 하지 않은 사람이었다.

그때, 아버지는 알고 있었을까? 아버지에게 그런 악운이 다가온다는 사실?

그런 아버지도 다마 앞에 무너졌다. 그런데 노중권은? 하물며 아버지의 한으로만 따져도 열 번 무너져도 성이 차지 않을 인간이었다. 그때, 아버지만 무너진 게 아니었다. 그로 인해 강토 역시 황야에 팽개쳐져야 했고, 아버지를 따르던 직원들 상당수도 황야로 내몰렸다.

노중권은 알고 있을까?

그가 춘향전의 변 사또처럼 값비싼 양주와 여자로 향응을 즐길 때, 아버지 편의 사람들은 피눈물과 좌절을 쓰라리게 씹고 있었다는 사실.

'알 리 없지.'

강토는 확신했다. 하지만 하늘은 무심치 않았다. 이제 그걸 알려줄 기회가 오고 있는 것이다.

노중권 대표이사의 차는 어렵지 않게 찾아냈다. 기사는 열심히 차를 닦고 있었다. 얼마 후에 노중권이 나왔다. 묵직한 인사와 함께였다.

"안녕하세요? 노 대표님!"

강토는 거리를 두고 소리쳤다. 세단 앞에서 노중권이 돌아보았다.

"저는 이강토입니다!"

고개 따위는 숙이지 않았다. 존재감의 표현이었다. 잘 기억해 둬, 하는… 기사가 바로 쫓아왔다.

"학교 어디?"

다짜고짜 학교부터 물어대는 기사.

"K대인데요?"

"대표님께 눈도장 박아서 인턴으로라도 들어올 생각인가 본데 찬물 먹고 속 차려. 그 정도 스펙으로는 우리 회사 못 넘봐."

"취업 때문에 온 거 아닙니다만……."

"그럼 왜?"

"그냥요. 워낙 능력 있는 분이라기에……."

"롤모델? 그것도 식상해. 한두 명이 그러는 줄 알아? 가 봐."

기사가 거친 손짓을 날렸다.

"아저씨나 가세요. 주인 잘 모시고요."

강토는 미동도 하지 않았다. 기사는 혀를 끌끌 차고는 차로 돌아갔다. 세단은 강토와 덕규 앞을 지나갔다. 강토는 세단을 바라보지 않았다. 옆에 있던 덕규가 강토를 돌아보았다.

"뇌파 안 맞아?"

덕규가 물었다.

"맞았다."

강토가 웃었다.

"그런데 왜 그냥 보내?"

"그럼 기절이라도 시킬까?"

"그것도 나쁘지 않지."

"기왕 기절을 시킬 거면 극적인 데서 시켜야지. 저 인간 체면에 걸맞게."

"그럼 그냥 가?"

"그냥은 아니지만 가자."

강토는 차 문을 열었다.

'은재구……'

달리는 차 안에서 강토는 이름을 검색했다.

〈은재구 새날당 전 대표!〉

그랬군.

강토는 시선을 들었다. 은재구는 노중권의 비밀 서랍에서 꺼낸 이름이었다.

—노 대표 같은 인물은 국가를 위해 일하셔야지.

—차차기 정권을 이끌어 주시오.

그림은 골프장이었다. 은재구와 노중권은 골프 회동을 하고 있었다. 노중권의 배경은 은재구인 모양이었다. 그건 노중권 필생의 비밀이었다.

더는 캐지 않았다. 한꺼번에 너무 많은 걸 알고 싶지도 않았다. 마음속에 깊은 생채기로 남은 인간이지만 이제 그 상처는 강토의 깜이 아니었다. 강토는 스토리를 붙이고 싶었다. 요즘 기업들은 스토리를 좋아한다. 스토리가 있는 상품, 스토리가 있는 제품······.

'당신에게 걸맞은 스토리······.'

강토의 입가에 스쳐가는 미소는 얼음을 닮아 있었다.

벙커로 돌아온 강토를 반겨준 건 회색 고양이 그레옹이었다. 녀석은 앞발을 모으고 꼬리를 든 채 얌전한 자세를 취했다.

"애, 또 이러고 있네?"

덕규가 꼬리를 만지려하자,

가르릉!

고양이는 갈기를 세우며 눈빛을 바꿨다. 덕규에게는 그리 호의적이지 않은 고양이였다.

"아, 진짜······. 더럽고 치사해서··· 야, 너 먹을 거 주는 게 누군데 그래?"

덕규가 버럭 소리를 쳤다.

"입만 먹이면 다냐? 마음을 채워줘야지."

목소리의 주인은 마고 아줌마였다. 차가 들어오는 걸 보고 온 모양이었다.

"엄마 잘 계시든?"

그녀의 시선이 덕규에게 향했다.

"예……."

"사진 보여줬고?"

"예……."

"너네 엄마 신났겠구나."

"그러셨던 거 같아요."

"그래도 늘그막에 아들이 효자네. 옛날에 빤쓰 팔러 다닐 때 그렇게 아들, 아들 하더니……."

"아줌마는 하필이면 빤쓰예요? 영양제도 팔고 홀복도 팔고 그랬는데……."

"어이구, 저 철부지하곤……. 네 엄마, 빤쓰하고 부라자가 제일 쏠쏠하다고 입버릇처럼 말했다. 품질도 좋아서 나는 아직도……."

마고 아줌마, 고무줄 바지에 손을 넣더니 표범무늬 빤쓰자락을 쭉 뽑아 올렸다.

"악!"

덕규가 비명을 질렀다.

"얼씨구, 주제에 수컷이라고 섹시한 건 아냐?"

"누가 섹시하대요? 눈 버려서 그런 거라고요."

"뭐야? 이놈이 처녀를 앞에 놓고 못 하는 말이 없네."

"형, 나 먼저 들어갈게."

말빨에 밀린 덕규는 후다닥 계단을 내려갔다.

"이 실장!"

마고 아줌마의 목소리는 봄날처럼 온화하게 변했다.

"말씀하세요."

"웬 돈을 그렇게 많이 넣어줬어? 나 그거 다 못 받아."

마고 아줌마가 봉투를 내밀었다. 청와대에서 받은 돈 때문이었다. 휴게소에서 확인하니 입금액이 6천만 원이었다. 그래서 N분의 1로 계산해 2천만 원을 보냈던 것.

"첫 수입이라 셋이 똑같이 나눈 거예요. 그러니까 그냥 쓰세요."

"그렇게는 못 해. 옛날 같으면 몰라도 나 주둥이빨 사주라는 잘 알거든. 게다가 소원이던 청와대 구경에 대통령 각하하고 사진도 찍고… 솔직히 내가 이 실장에게 돈을 줘야 할 판이야. 빨리 받아."

마고 아줌마는 반강제로 봉투를 강토 주머니에 찔렀다.

"그럼 앞으로 저랑 합작 안 하는 걸로 알아도 돼요?"

"합작?"

봉투를 주고 돌아서던 마고 아줌마가 돌아보았다.

"앞으로도 할 일 많은데……."

"안 해! 솔직히 내가 무슨 도움이 되어야 말이지. 괜히 젊은 사람들에게 방해나 되지. 이번 일도 이 실장이 텔레파시로 맞춘 거 아니야?"

"그게 바로 마고 아줌마 덕분이라니까요."

"사주와 텔레파시의 만남?"

"네! 아줌마가 떡 하니 버티고 있으니 텔레파시가 팍팍!"

"그 거짓말 참말이야?"

"아니면 제가 무슨 재주로 족집게가 되겠어요."

"……."

"그러니까 이 돈은 가져가세요. 줬다가 뺏으면 똥꼬에 털 난다는 말도 있잖아요."

강토, 주저하는 마고 아줌마에게 재빨리 봉투를 돌려주었다.

"이 실장, 글쎄 이 돈은……."

마고 아줌마가 반격하려는 사이에 강토 전화가 울었다.

"잠깐만요, 중요한 전화네요. 다음에 봬요."

강토는 전화를 핑계로 마고 아줌마의 등을 밀었다.

"여기네!"

이성표가 문을 열었다. 아담한 빌딩의 8층 꼭대기 층이었다. 문이 열리자 황량한 공간이 드러났다. 폭격이라도 맞은 듯 개판 오 분 후의 공간이었다.

"사기성 기획 부동산 친구들이 쓰던 장소인데 작업이 마감

약육강식 입문기 185

되면서 다 튀었어. 덕분에 피해자들이 몰려와서 난장을 친 곳이고……."

이성표가 바닥에서 포스터를 집어 들었다. 금싸라기, 21세기 최후의 알짜 땅, 입금하는 순간 당신은 대박쟁이 등등의 자극적인 카피가 들어간 광고문이었다.

"어때? 좀 어수선하긴 하지만……."

포스터를 날린 이성표가 강토를 돌아보았다.

"진짜 공짜입니까?"

강토가 물었다.

이성표의 전갈을 받고 달려온 강토였다. 그는 비즈니스에 돌입하기 전에 보여줄 게 있다고 했다. 무료 사무실이 났다는 설명이었다.

"여기 빌딩 주인이 내 신세 좀 졌거든. 경매에서 헐값으로 받아줬지. 신세 갚는다고 나보고 들어와 쓰라는데 이 실장 생각이 났어."

이성표는 멋대로 뒤집어진 소파에 엉덩이를 걸쳤다.

강토는 사무실을 돌아보았다. 족히 50평은 될 것 같았다. 잘 꾸미면 강토에게는 분에 넘치는 곳이 될 것 같았다.

"옵션 같은 거 없고요?"

"전혀! 나도 실은 불알 두 쪽으로 시작했거든."

이성표는 어깨를 으쓱해 보였다.

"그럼 1년만 쓰죠."

"1년?"

"그 안에 제대로 자리 잡으면 이 빌딩 사고, 못 잡으면 손 털 겠습니다."

"오, 멋진 포부인데?"

"그럼 이제 비즈니스 시작할까요?"

강토는 테이블 위에 어지럽게 펼쳐진 종이와 포스터들을 단숨에 밀어버렸다. 테이블은 바로 훤해졌다. 임시 회의실이 마련된 것이다.

"여기서?"

"내 사무실이잖아요?"

"오호, 그렇군."

이성표는 의자를 밟아 세웠다. 거기 힘을 가해 간단하게 뒤집더니 테이블 한쪽에 자리를 잡았다. 강토와 덕규도 의자를 가져와 테이블에 자리를 잡았다.

"이런 데서 회의하는 것도 괜찮군."

이성표가 가방을 열었다.

"두 가지가 있네, 상급 난이도와 중급 난이도!"

이성표가 두 개의 서류 봉투를 꺼내놓았다. 한쪽은 검고, 또 한쪽은 황색이었다.

"황색으로 가죠."

"고난도?"

"상관없습니다."

"미리 말하는데 나는 고난도라는 말 잘 안 써. 왜냐면 뭐든 쉬운 일은 없거든."

"그런데 왜?"

"이 실장 때문에 고른 단어라고나 할까?"

"저요?"

"이게 외국인들까지 달라붙은 건이거든."

"외국인?"

"중국 친구들 말이야. 요즘은 걔들이 코쟁이들보다 무서워. 물건이다 싶으면 무대뽀로 질러 버리니까."

"예……."

"이 실장, 혹시 주식 좀 해봤나?"

"아뇨."

"흐음, 그럼 위험부담이 배가(倍加)되는데……."

"무슨 말씀인지……."

"M&A든 경매든 입찰이든 쓸 만한 건 전부 주식과 연관된 게 많잖아. 특정 시기의 주식 종가를 매각 기준으로 하는 경우도 많고……. 이 건도 유사한 경우야."

"설명을 좀 더 해주시겠습니까?"

"당연하지, 이 실장이 감을 잡아야 할 테니까."

이성표가 서류를 넘겼다. 그는 최근 1년간의 주식 차트를 몇 장 내놓았다. 거래일 선으로 구분해 뽑은 차트였다.

회사 이름은 블루 라이프!

소위 강소기업으로 불리며 대기업에도 견줘지는 알짜기업이
었다.

이성표, 이걸 작업하려는 건가?

＊　　　　　＊　　　　　＊

"차트 볼 줄 모르나?"

"예."

주식 차트…….

대학 때 배우기는 했었다. 요즘은 수강신청 전쟁. 강토네 전
공과목 쪽이 꿀학점이라는 소문이 나면서 다른 과에게 선점당
하는 경우가 많았다. 덕분에 경영학 쪽 강의를 들었는데 그 교
수의 강의가 주식이었다.

─모의 투자 신청하기.

─투자 종목을 고른 이유 설명.

─투자 종료 후에 결과 제출.

학점은 투자 결과순으로 주겠다고 했었다. 그때 차트에 대
한 강의를 들었다. 하지만 당연히 흘러들었다. 종목도 그냥 꼴
리는 대로 찍었다.

치맥 좋아하니 닭고기 회사와 맥주 회사.

과자 좋아하니 과자 회사.

결과는……. 좋았다. 당시 경영학과 주식 동아리에서 날리

던 동기가 있었는데 그 친구보다도 좋았었던 것이다. 물론, 순전히 운이었다.

"작업할 회사는 테마주에 속하는 회사야. 테마 중에서도 대선 테마……. 민 사장 동창이 거물급 정치인이라 사장 생각하고는 상관없이 그렇게 가고 있어."

"……."

"하지만 이 회사의 매력은 다른 데 있지. 중소기업이면서 세계적인 막강 기술력을 가지고 있거든. 중국 친구들이 눈독을 들이는 것도 그 때문이고."

"……."

"먹었다하면 이 분야 세계 1위는 물론이고 이 기업에서 가지고 있는 상표권에 대한 수입도 기대할 수 있지. 그것만 해도 해마다 100억 이상 될 거야."

"굉장하군요."

"사장이 이 실장 아버지처럼 일에 미쳤었거든. 그게 단점이었지."

"……."

"무슨 말인고 하니 후사가 없다는 거야. 결혼이 너무 늦어서 자식이 없어. 대안으로 오촌 조카에게 경영 수업을 시키고 있었는데 얼마 전에 심근경색으로 급사를 했지. 결국 사장의 당뇨 합병증이 최악으로 치달으면서 기업을 내놓은 거야. 사장이 갑자기 죽으면 그 알짜 기업이 공중분해가 될 수 있잖아?"

"그렇군요."

"그런데 이 양반, 평소에도 내기 좋아하더니 재미난 배팅을 내놓았어."

"어떤 배팅이죠?"

"입찰자 제한 무!"

"……"

"입찰보증금은 200억 현금 입금 후 통장과 도장 제출. 주간 사나 은행을 끼지 않고 자신이 알아서 하겠다는 거지. 계약 위반하면 200억은 사장이 먹는 거고."

"……"

"입찰장 입장 시간 오후 2시!"

"……"

"입찰 금액은 2시 반에 제출!"

"……"

"낙찰자 발표는 3시."

"……"

"낙찰 조건은 블루 라이프의 그날 정규 거래시간 종가에 가장 근접한 가격."

"그럼 주가가 관건이군요?"

"그런 셈이지. 그런데 그게 함부로 손대기 곤란한 옵션까지 걸렸어."

"옵션?"

"주가 포인트 연동 10%. 내기꾼인 민 사장다운 안전장치지."

"그건 무슨 뜻인지?"

"종가를 10% 이상 틀리면 보증금 몰수."

"……?"

"종가를 플러스마이너스 100원 이내서 맞추면 지난해 공인 평가기관이 평가한 기업 가치에 의한 매각 수용."

"……."

선뜻 감이 오지 않았다. 주식 쪽에는 그리 해박한 강토가 아니었다.

"그러니까 자기 기업에 진짜 관심 있는 놈만 와라 이거야. 나아가 주가 관리에 대한 자신감이기도 하고."

"자신감… 이라고요?"

"이 주식이 횡보로 유명한 종목이지. 민 사장이 자기 회사 주식으로 돈 버는 거 용인 안 한다고 공언한 사람이거든. 실제로도 이런저런 방법으로 주가 관리해 왔고."

"하긴 10% 이상은 틀리기도 어렵겠네요."

"뭐 그거야 알 수 없지. 요즘은 30% 상하한으로 출렁이니까."

"……."

"아무튼 무슨 뜻인지 알겠어?"

"예."

"민 사장은 이날만은 회사 자원의 시장 개입은 없다고 선언

했지만 그래도 미치고 환장할 일이지. 1시간이면 주식에서는 천국과 지옥을 열 번은 오갈 수 있는 시간이거든."

"그렇군요."

"현재 그쪽 주식은 한 이틀 오르다 거래량이 완전히 끊겨 버렸어. 사자 주문만 난무하고……."

이해가 되었다. 입찰에 응할 팀들이 발 빠르게 입도선매에 나섰을 일. 확보한 주식으로 마지막 날, 자기들 입맛에 맞게 조절할 수 있기 때문이었다.

"남은 건 그 종목 터줏대감인 주포인데… 그 인간이 키를 쥔 셈이야."

"주포라면 큰손 말이군요?"

"주식이라면 어느 종목이나 주포가 따로 있는 법이지. 게다가 현재의 주포는 아예 거취조차 사라진 인간이라네. 어쩌면 민 사장이 미리 손을 써서 잠수 태웠을 수도 있고… 아니면 누군가 먼저 손을 쓴 건지도 모르겠고."

"손이라면?"

"주식이나 입찰이나 돈 놓고 돈 먹기는 마찬가지 아닌가? 이쪽 주포가 마이웨이파라서 주식 외의 장난질은 안 한다는 평이 있긴 하지만 대가만 보장된다면 한판 짜고 칠 수도 있지. 실제로 나도 몇 번 재미 좀 봤고."

이성표는 한숨과 함께 등받이에 등을 기댔다.

"이해관계가 있는 제삼자가 개입해 있을 수도 있다는 얘기로

군요."

"이 매각에 총 6팀 정도가 달라붙을 것 같은데 나 말고 모두가 적이야. 그렇게 생각하면 간단하지."

명언이 나왔다.

─나 말고 모두가 적.

피부에 쎄게 와 닿는 말이었다.

"제가 할 일은요?"

상황을 이해한 강토가 핵심을 찔렀다.

"물론 상대 팀들의 응찰액수지. 하지만 팀이 좀 많잖아? 그래서 물건의 매력은 있지만 건너뛰려던 참인데……."

"……."

"기왕이면 그쪽 주가를 좌우하는 주포의 마음까지 읽어서 종가까지 알아내면 더 좋겠지만 그 친구는 바람 같다니 찾아내기 힘들 거 같고… 젠장, 어디 별장에라도 짱 박힌 건지 막판에 어떤 분탕질을 할지 감이 와야 말이지?"

"팀장님은 몇 주나 움직일 수 있죠?"

"기본 정도… 한 2만 주?"

"주포는 제가 찾겠습니다."

"응?"

서류를 뒤적이던 이성표가 고개를 들었다. 강토의 반응이 너무 쉽게 나온 까닭이었다.

"보니까 주포 쪽부터 확인해야 할 것 같아서요."

"제대로 봤군. 하지만 소재 파악이 안 된다니까? 내가 여의도하고 강남 쪽에 선 닿는 인간들은 다 떡밥 뿌려봤어."

"한국에 있는 건 확실한 가요?"

"물론이지. 어디로 밀입국이라도 한 게 아니라면… 그런데 주포쯤 하는 인간이 뭐가 아쉬워서 밀입국을 하겠나?"

그 또한 공감 백배쯤 되는 말이었다. 차트에 나온 기업의 주가는 11,000원 언저리. 매각설이 새어나간 건지 거래량이 거의 없지만 그만한 가격대라면 최소한 수백 억대는 굴려야 주포가 될 상황이었다.

"떡밥 뿌렸던 사람들 소재 넘겨주세요."

"이 실장!"

이성표가 고개를 빳빳이 들었다.

"중요한 거부터 해치워야죠."

"하지만……."

"나머지 상대방들은 입찰장에서 상대해도 됩니다. 물론 그전에 미리 파악해둘 테고요."

"무리하는 거 아닌가?"

"쉬운 일은 없다고 하신 거 같은데요?"

강토가 잘라 말했다. 자기 입에서 나온 말임을 기억하는 이성표였기에 뭐라 토를 달지 못했다. 분위기는 그새 강토가 장악하고 있었다.

"……."

"제 몫은 어떻게 되는 겁니까?"

"성공 보수는 자네 아버지 회사 경영권 완전 양도. 거기에 자네 몫으로 5억!"

"좋군요."

"실패하면 자네 아버지 회사 순이익 중에서 내 몫 강화."

"그것도 좋군요."

"좋아?"

"사장님 같은 프로가 저한테만 일방적으로 좋은 조건을 내세울 리 없지요."

"뭐 그것도 그렇지만 전주(錢主)들 요구야. 그 인간들 그런 거 좋아하거든."

"저는 콜입니다."

"그럼 나도 콜이야."

"서류는요?"

강토가 고개를 들자 이성표는 또 다른 서류 봉투를 건네주었다.

"주포 말이야, 정말 찾을 생각이야?"

"해봐야죠."

"그럼 시간낭비 말고 여기 한번 가봐."

이성표가 명함 한 장을 꺼내놓았다. 명함에는 〈벨로체〉라고 쓰여 있었다.

"벨로체요?"

"가서 정가윤 찾아. 그 친구라면 주포하고 연락이 닿을지 몰라."

"그러죠."

"여의치 않으면 너무 시간 허비 말라고. 나한테도 조직이 있고……. 어차피 승부는 입찰장 금액이 말해주는 거니까."

"알겠습니다. 입찰자가 적지 않으니 탄력적으로 대응하겠습니다."

"그럼 또 연락하자고."

이성표가 일어섰다. 강토와 덕규는 너저분한 문 앞까지 나와 그를 배웅했다. 그가 멀어지자 덕규가 강토를 빤히 바라보았다.

"왜?"

강토가 물었다.

"……."

덕규는 함부로 입을 열지 못했다. 그 마음을 아는 강토가 바닥의 쓰레기들을 모으며 대신 말했다.

"쫄았지?"

그 말에 고개만 끄덕거리는 덕규.

"쫄지 마라. 이제 시작에 불과한데……."

"나… 난……. 뭐가 뭔지……. 이건 말만 나왔다 하면 최소 몇 백 억이고… 주포에 뭐에……."

"그럼 이 한마디만 기억해라."

"······?"

"넌 대통령도 만난 사람이야. 무려 청와대 일도 처리한 사람이고."

"대통령? 청와대?"

"맞지?"

강토가 웃자 그제야 덕규도 누런 이빨을 드러내며 웃었다.

"그리고 알아둬라. 우리 이제부터 맡는 일에 죽기 살기로 임해야 한다는 거."

"죽기 살기?"

"내가 뇌파로 상대방 마음을 읽는 거 알지?"

"응."

"그거 양날의 검이야. 이득을 보는 사람에게는 더 없이 고마운 일이지만 적이 되면 치명적인······."

"그건 그러네."

"아까 이 팀장님이 그랬지? 나 말고 모두 적이라고."

"응."

"이 팀장은 우리에게 적일까 친구일까?"

"절반의 친구?"

"이제부터 말이야, 적은 확실히 밟아서 넘보지 못하게 하고 친구는 확실히 밀어서 우리 편으로 만들어야 할 거야."

"오매, 살벌하네."

"설렁설렁 일반 알바처럼 할 거면 진작 포기해. 그게 너한테이로우니까."

"왜 이래? 형하고 나, 같이 지옥 체험 동기동창이면서."

덕규가 눈빛을 뿜었다.

지옥동기라는 말은 알바 때문이었다. 과거, 한 호프집에서 함께 알바를 하던 두 사람. 어느 날, 동네 건달들 생일파티를 맞이하게 되었다. 모여든 건달들은 10여 명.

진짜 '개' 양아치들이었다. 야, 너, 개자식 등은 물론이고 여학생 엉덩이까지 툭툭 쳐가면서 염장을 긁어댔다. 결국 강토가 나서게 되었다.

'죄송하지만 너무 이러시면 곤란합니다.'

그게 화근이었다. 술빨이 오른 대가리가 소위 '가오'를 세우기 위해 테이블을 엎어버린 것. 대가리의 횡포를 알리는 신호탄이었다. 건달들은 병을 깨고 의자를 던지며 온 가게 안을 쑥밭으로 만들었다. 그것도 모자라 떨고 있는 여학생 알바를 붙잡았다. 강토가 막아서자 폭력이 나오기 시작했다. 때마침 배달에서 돌아온 덕규가 날아들었다. 분풀이 대상을 찾던 건달들이 밀물처럼 몰려들었다.

하지만 그들은 상대를 잘못 짚었다. 덕규가 슈퍼맨은 아니었지만 몇 명 상대할 실력은 된다는 건 몰랐던 것이다. 덕규와 강토는 벽 모서리를 등지고 건달들과 맞섰다. 덕규는 주먹으로 맞서고 강토는 테이블을 이용해 건달들을 무력화시켰다. 10분 쯤 지나서 경찰이 출동했다. 난장판이 된 호프집. 하지만 강토와 덕규는 무사했다. 그 인연으로 서로를 믿기 시작했고 급기야 벙커에서 동거(?)까지 시작한 둘이었다.

"이번 일 하면서 일단 이성표 팀장님부터 확실하게 우리 사람 만든다."

강토가 강조했다.

"알았어. 뭐 빠지게 뛸 게."

"파이팅!"

"파이팅!"

강토가 손을 내밀자 덕규가 주먹 쥔 손목을 힘차게 부딪쳤다.

"그럼 가서 벽지하고 바닥재 좀 사와라. 전에 광고 회사 현장 알바 갔을 때 그거 생각나지?"

"아, 진한 벽지하고 천연 나무색 바닥재?"

"그래."

"우, 우리가 직접 하는 거야?"

"아니면? 니 밑에 누가 또 있냐?"

"아니!"

"까짓 꺼 땀 한번 빼보자. 우리 나름 숙련공이잖아?"

강토가 웃었다. 도배 보조와 바닥재 보조는 한 달 가까이 해본 일이었다. 일당도 짭짤했었다. 하지만 정규 멤버는 되지 못했다. 그쪽 팀장들에게는 10년 가까이 손을 맞춘 멤버들이 있었으니 당시 두 명이 지방 출장 중이라 대타로 불려왔던 것

뿐이었다.

'그럼 한번 놀아볼까?'

강토는 마스크를 두 겹으로 겹쳐 썼다. 그리고 폭풍처럼 쓰레기를 모으기 시작했다. 곧 돌아온 덕규도 합류를 했다. 먼지가 날리고 쓰레기 사이에서 오물들이 나오기도 했지만 그래도 좋았다.

'여긴 내 사무실이니까!'

뇌라는 놈은 어찌 보면 참 단순했다. 내 것, 내 일, 혹은 내 사람… 그런 의미만 부여하면 최면이 걸리는 것이다. 강토와 덕규는 내 것 최면에 걸려 기꺼이 공간을 헤집고 다녔다.

청소하고, 청소하고, 또 청소하고…….

날이 저무는 줄도 몰랐다.

왜냐고?

내 일이니까!

뿌듯했다.

사람이건 사무실이건 옷이 중요했다. 쓰레기를 치우고 새 옷으로 단장하니 대기업 기획실이 따로 없었다. 기획 부동산이라 은밀한 회의실이 있던 것도 나쁘지 않았다. 강토에게도 꼭 필요한 공간인 것이다. 책상 일부는 물물교환으로 회의 테이블과 소파로 바꾸었다. 강토와 덕규는 회의 테이블에 앉았다. 박살 난 난을 모아 커다란 화분 하나에 옮기고 소품으로 꾸민 테이블이었다.

강토는 그 위에다 이성표의 자료를 펼쳐놓았다. 이성표가 주고 간 건 모두 여섯 명의 예비 경쟁자들. 그 면면과 프로필은 보는 사람으로 하여금 질리게 만들고도 남았다.

서울대!

미국 Turk MBA.

미국 예일 MBA······.

상대들의 레벨을 읽어보던 덕규가 혀를 내둘렀다.

스펙만 화려한 게 아니었다. 여섯 팀의 진용 또한 어마무시했다. M&A 전문가는 당연하고 증권전문가와 기업분석가, 금융전문가들까지 포진하고 있는 것이다.

"형, 우리가 너무 쫄리잖아?"

다시 울상이 되는 덕규.

"그럼 악으로 깡으로 버텨야지."

강토는 동요하지 않았다. 어차피 짐작하던 일이었다. 작게는 수십억에서 많게는 수조까지 왔다갔다하는 돈 판. 흙수저 풍의 사람들이 서성거릴 리 없었다.

마지막으로 주포의 사진을 집어 들었다. 공개된 사진이 아니고 SNS 같은 곳에서 캡처한 것인지 선명하지 않았다.

"이 사람이 0순위다."

강토가 주포 사진을 건드리며 말했다.

"인간은 쪼잔하게 생겼는데?"

덕규가 사진을 집어 들었다. 그 말은 맞았다. 외모는 별 볼일 없었다. 하지만 외모가 돈의 척도는 아니다.

'일단은……'

강토의 전략은 단순무식했다. 저들처럼 고급스러운 전략 짜고 상대방 탐색하고 시장과 기업가치 분석에 몰두할 일이 아니었다. 그건 이성표가 알아서 알 일, 강토의 전략은 원초적일 뿐이었다.

대면!

저들이 온라인이라면 강토는 오프라인이다. 만나야만 하는 것이다. 그렇다면 움직여야 한다. 회의 테이블에서는, 아무것도 건지지 못할 일이다.

'이성표……'

나름 능력 있는 사람. 쿨한 일처리로 그 마음을 사야 했다. 아니, 누구라도 그랬다. 아직은 맨땅에 헤딩이지만 그렇게 차곡차곡 탑을 쌓고 싶었다. 폭풍이 불어도 무너지지 않는 탑을.

"가자!"

강토가 일어섰다.

"어딜?"

"님을 봐야 뽕을 따지."

"일곱 명 중에 누구?"

"기왕이면 여자부터!"

강토의 목표는 벨로체였다.

약육강식 입문기 203

"마고 아줌마는 안 붙여?"

"아줌마는 별동대다. 필요할 때만 붙인다."

"오케이!"

말귀를 알아먹은 덕규가 몸을 일으켰다.

*   *   *

벨로체!

여의도에 있었다. 주소를 네비게이션에 입력하자 빌딩숲이 나왔다.

'사무실인가?'

강토는 직접 운전하며 한강을 넘었다. 덕규는 조금 쉬게 해 줬더니 잘도 졸고 있다. 63빌딩을 끼고 돌았다. 여의도 증권가 빌딩숲이 나왔다.

빌딩……. 저 많은 빌딩의 주인들은 누구일까? 건물 한 채만 해도 수백억을 호가할 거액의 빌딩들. 속된 말로 임대료만 받아도 평생 호화호식을 누릴 사람들이다.

하지만 그들은 그렇게 하지 않는다. 빌딩은 그들 사업이나 돈벌이의 일환일 뿐, 날다마 전진을 꿈꾸고 있다. 단칸방에 사는 사람은 작은 마이 홈을 꿈꾸지만 저들은 더 많은 부를 일구길 원한다. 정말이지 사람에도 차원이 있는 것만 같았다.

'여긴데?'

네비게이션이 안내를 종료했다. 강토는 차를 세웠다.

"덕규야!"

"······."

"부실장!"

"엡!"

덕규가 벌떡 일어났다. 자기 어머니의 당부를 잊지 않은 모양이었다.

"다 왔어?"

눈을 비비며 주변을 두리번거리는 덕규. 강토는 차에서 나와 건물을 살폈다.

"형!"

덕규가 안쪽으로 이어지는 코너를 가리켰다. 거기 노트북만한 간판이 보였다.

〈벨로체〉

다른 아무것도 덧붙여 있지 않았다. 너무나도 단순명료한 간판이었다. 그런데 지하실이다. 내려가는 문은 친절하게도 Closed!

"형, 여기 술집 같은데?"

문을 바라본 덕규가 말했다.

"술집?"

"응, 열라 뽕 고급 럭셔리 술집."

"그래?"

"요즘 이런 게 유행이래. 외국 명품 레스토랑 벤치마킹해서 간판도 조그맣게 붙이고… 들어가는 사람들 쪽팔리지 않게… 척 보면 뭐하는 데인지 감이 안 오잖아?"

그건 그랬다. 일반적인 술집들은 요란한 네온사인이 반짝이게 마련. 이런 간판이라면 회사처럼 보일 가능성이 컸다.

"언제 문 여는 거지?"

강토가 돌아보자,

"잠깐만, 내가 광수 형한테 좀 알아볼게."

덕규가 폰을 꺼내들었다.

광수!

588에서 일하는 덕규의 선배다. 지난번 오서영 일로 얼굴을 익힌……. 그는 경력이 다양하다. 룸싸롱에서도 일했고, 주류 도매상을 하는 주먹들과도 일을 했다. 아마 지금도 관계를 끊지 않고 있을 것이다.

"형, 나 덕규야!"

덕규는 특유의 친화력을 앞세워 통화를 시작했다.

"아, 씨… 우리 사이에 무슨 옵션?"

덕규가 미간을 찡그렸다.

"아… 그때 그 일은 우리 책임 아니라니까. 형도 우리 덕분에 AIDS 아가씨 뗄군 거잖아? 그 아가씨 거기서 몇 년 일했으면 어쩔 뻔했어. 형 고추 골로 갔다고. 응? 응……. 오케이. 알았어, 알았다고."

긴 협상(?)을 끝낸 덕규가 전화를 끊었다.

"안다냐?"

강토가 물었다.

"씨발, 여기 허벌나게 비싼 술집이라는데?"

"얼마나?"

"텐도 아니고 텐텐이래."

"텐텐?"

이건 또 뭔 소리?

"텐프로의 텐프로!"

"그건 또 뭐냐?"

강토, 텐프로라는 건 말로만 들은 일이었다. 딱 한 번 연말 보너스를 왕창 받았다는 증권사 선배를 따라 룸싸롱 비슷한 곳에 가보기는 했던 강토. 그랬기에 금세 감이 오지 않았다.

"텐프로가 최상위 1%라는 얘기잖아? 텐텐이면 0.1%라는 거야."

"뭐가?"

"여자하고 술값."

"……!"

전자는 몰라도 후자는 마음에 들지 않았다. 강토 역사상 술값 최대 지출은 16만 원이었다. 친구들과 생일파티를 하다가 후배들 습격을 당했던 옛날. 술값은 생일 맞는 사람이 내야 한다는 말 때문에 눈물 머금고 거금을 지출했던 전과가 있었다.

하지만, 강토는 그때의 강토가 아니었다. 게다가 젊은 혈기로 놀러온 것도 아니었다.

"간만에 비싼 술 한번 먹어보자."

"진짜?"

덕규는 그 한마디에 자지러졌다.

"왜? 우린 그러면 안 되냐?"

"형, 광수 형이 그러는데 여기 둘이면 기본이 300부터래."

"그럼 한 1000만 원이면 되겠네. 현금으로 할까? 뽀대나게."

"형……"

"비지니스잖아? 쓰고 그만큼 벌면 되는 거지. 맨날 2만 원짜리 쏘주 빨고 월 200 바라보며 살래?"

아니!

덕규는 말 대신 고개를 저어보였다.

"몇 시 문 여는 지나 알아봐라. 시간 많이 나면 아껴 써야지."

"오케이!"

덕규는 다시 전화기를 뽑아들었다.

저녁 8시.

벨로체의 문이 열렸다. 텐텐프로로 불리는 서울 최강의 룸. 그러나 문은 여전히 단순, 그대로였다. 그저 작은 등 하나가 밝혀졌을 뿐, 정육점 비스무리한 불빛도, 웨이터 같은 사람도 보이지 않았다.

"언제 예약이라고?"

차 안에서 강토가 물었다.

"10시 반!"

생수를 마시며 덕규가 대답했다.

10시 반. 이 시간은 강토의 결정이 아니었다. 채광수가 말하길 벨로체는 예약제라고 했다. 권력이자 재력이 빵빵한 사람이 아니라면 천하없어도 예약 없이는 뚫을 수 없는 곳이란다. 별수 없이 광수의 힘(?)을 빌어 예약 하나를 쑤셔 넣었다. 그래서 그나마 10시 반 시간이 잡힌 것이다.

그사이에 입찰에 나설 것으로 예상되는 두 팀을 점검했다. 그들의 사무실이 여의도 쪽이기 때문이었다. 강토는 둘의 기억에서 건져낸 계획을 메모했다.

복잡했다.

입찰전략이라는 건 간단한 게 아니었다.

그들은 진짜 전문가였고, 그랬기에 기업동향에서 시작해 세계 경제동향, 한국의 소비동향, 중국의 소비동향, 심지어는 한국 정부의 정책과 미국 연방준비은행의 금리정책, 유가동향까지 분석해 입찰가격을 준비하고 있었다.

하지만, 강토는 차 떼고 포 떼고 오직 숫자만 건져냈다. 그들이 만지는 응찰예상액이었다. 썩 만족스럽지는 않았다. 둘의 가격은 어느 정도 윤곽이 나왔지만 아직 최종안 단계는 아니었다.

"으아, 내 돈 내고 술 한 번 마시는 게 이렇게 지겨울 줄 몰랐네."

10시가 가까워오자 덕규가 진저리를 쳤다.

"지루하면 자라."

"쳇, 우리 엄마 말 못 들었어? 형한테 충성하라잖아?"

"아까는 잘만 자던데?"

"그, 그거야 생리현상이고……"

"그만 들어가 보자. 아까 두 팀 나왔잖아?"

"그럴까?"

덕규가 앞서 벨로체의 문을 열었다. 정장을 갖춰 입은 웨이터가 다가왔다.

"예약하셨습니까?"

"예, 황덕규, 삐 컨설팅!"

덕규가 대답했다.

"잠깐만 기다려 주시겠습니까?"

대기 소파에 자리를 권한 웨이터가 카운터 쪽으로 걸었다. 실내는 밖과 달리 별천지였다. 오색의 조명이 은은한 가운데 인공 폭포도 있고 그 옆으로 초대형 수족관이 유려하게 펼쳐지고 있었다.

"이쪽으로 오시죠."

확인을 끝낸 웨이터가 앞서 걸었다.

"혹시 지명 아가씨 있으십니까?"

금빛 메뉴를 내민 웨이터가 물었다.

"가윤이!"

강토는 이름만 말했다. 보다 자연스럽게 보이려는 의도였다.

"가윤이가 둘인데요? 정가윤과 이가윤… 어떤 아가씨인지……."

젠장!

처음부터 브레이크다.

"정가윤!"

"죄송합니다만 정가윤은 며칠 나오지 않습니다."

"예?"

메뉴를 보던 덕규가 파뜩 고개를 들었다. 두 번째 브레이크가 걸렸다.

정가윤을 만나러 온 두 사람. 가윤이가 없다면 비싼 술을 마실 필요도 없었다. 덕규는 강토의 지시를 바라며 고개를 돌렸다. 하지만 말을 붙이지는 못했다. 강토가 벌써 뇌파 조준 모드에 돌입한 것 같았기 때문이었다.

그랬다. 강토는 웨이터의 뇌 안으로 매직 뉴런을 밀어 넣고 있었다. 그의 시냅스를 타고 기억 창고를 단숨에 열었다. 창고는 다소 어수선했다. 이제는 뇌 구조만 봐도 견적이 나오는 강토였다. 단언컨대 딱히 머리가 좋은 친구는 아니었다.

정가윤!

그림이 나왔다. 아담하고 귀여운 여자였다. 두어 번 속옷이 비치는 모습이 새겨져 있었다. 수컷이라면 당연히 있을 그림이었다. 그 이상은 없었다.

송무학!

이번에는 주포의 얼굴과 이름을 집어넣었다. 기억이 나왔다. 웨이터에게는 송 선생으로 기억되어 있었다. 송무학과 정가윤, 룸 안에서 같이 있는 그림이 보였다. 친한 모습이었다.

'그렇다면?'

둘은 같이 있는 것일까?

그럴 수도!

강토는 살포시 매직 뉴런을 거두었다.

"다른 아가씨는 안 될까요? 제가 아껴둔 아가씨가 있는데… 이번에 성인되면서 나오기 시작했는데 모델급 사이즈입니다. 애도 착하고요."

"이봐요. 우린 다른 사람 말고 정가윤……."

"잠깐!"

폭주하는 덕규를 강토가 막았다.

"정가윤 걔 친구 있죠?"

"숙희 말씀인가요?"

넘겨짚은 강토의 말에 웨이터가 반응했다.

"그 아가씨는 되나요?"

"될 겁니다. 그럼 한 아가씨는?"

웨이터가 덕규를 바라보았다.

"그건 웨이터 씨가 아껴두었다는 아가씨로!"

강토는 웨이터에게 5만 원을 찔러주었다.

"최선을 다해 모시겠습니다!"

웨이터는 정중히 허리를 숙이고 나갔다.

술이 들어왔다. 발렌타인 17년산 세팅이었다. 아가씨들도 들어왔다. 정말이지 눈이 정화될 정도로 사이즈가 우수한 여자들이었다. 뽀얀 속살과 아련하게 패인 가슴골, 더불어 잘록한 허리에서 섹시한 볼륨감을 이룬 히프. 덕규는 아예 입을 벌리고 다물지를 못했다.

"부실장!"

강토는 매직 뉴런으로 시상하부와 뇌하수체에서 넘쳐나는 호르몬을 살짝 조절해 주며 넌지시 주의를 주었다. 체통을 지켜야 하니까.

"예? 예… 실장님!"

정신을 차린 덕규가 침을 넘기며 자세를 바로 잡았다.

숙희는 덕규 옆에 앉혔다. 옆보다는 앞에 두는 게 시크릿 메즈에 유리하기 때문이었다. 여자들은 간단한 소개에 이어 술을 따랐다.

"앞으로 잘 부탁드립니다."

인사도 나름 품위가 있었다. 섹시한 옷을 입었다고 마구 들이대지는 않는 것이다.

"두 분은 무슨 일 하세요?"

강토 옆의 아가씨가 물었다. 강토가 갑인 걸 펜 모양이었다. 텐텐프로라더니 눈치도 그만큼 빨라보였다.

"뭐할 거 같은데?"

덕규가 장단을 맞췄다.

"증권? 세무사?"

"컨설팅!"

덕규가 잘라 말했다.

"어머, 굉장한 회사인가 봐요. 외국계?"

숙희가 밀착되었다. 술잔을 든 강토, 본격 비즈니스를 시작했다. 호감 어린 숙희의 눈으로 매직 뉴런을 밀어 넣었다. 술은, 그다음에 즐겨도 될 판이었다.

그런데…….

대뇌피질을 지나 측두엽으로 들어선 강토의 매직 뉴런, 비밀의 서랍 앞에서 동작 그만을 외치고 말았다.

"……!"

강토의 미간이 확 일그러졌다. 숙희라는 아가씨……. 기억력이 개판이었다. 그녀의 서랍들은 열려지고 늘어진 채 엉망으로 방치되었고 안에 있던 기억들은 여기저기 엉겨 뒤섞여 있었다.

'무뇌아?'

강토는 자신도 모르게 그 단어를 떠올렸다.

완벽한 백치미였다. 이 여자는 오직 한 방향만 아는 여자였다. 자기 얼굴 예쁜 것과 술과 남자, 그리고 사치와 허영… 얼굴 예쁘면 머리 든 거 없다더니 그 말의 표본이었다.

젠장!

당혹감에 들었던 술을 놓아 버렸다. 여자니까, 예쁘니까 용서가 되는 것이다.

"우리 건배해요."

강토에게 찰싹 붙은 아가씨가 잔을 들며 말했다. 강토는 반응하지 않았다. 그 시선은 여전히 숙희에게 있었던 것이다.

"실장님!"

아가씨가 흔들자 그제야 강토는 정신이 들었다.

"응? 응……."

"마셔요. 원샷!"

아가씨가 재촉을 해왔다. 강토는 술이 얼마나 들었는지도 모른 채 입안에 털어 넣었다.

'아가씨를 바꿔?'

짧은 시간 여러 생각이 스쳐갔다. 두 번째 시도에서도 마찬가지 결과를 얻은 것이다. 숙희… 정가윤을 알고 있지만 그저 웃고 떠드는 수다와 쇼핑하는 그림들뿐이었다.

소득은 뜻밖의 사람에게서 나왔다. 마담이었다.

"여기 훈남들이 오셨다길래 인사왔어요."

조금 늦게 들어온 유 마담이 덕규 엉덩이를 비집고 자리를 잡은 건 30여 분이 지난 후였다.

물론, 첫 소감은 완전 제로빵이었다 이놈의 마담이 두 미녀를 슬쩍 내보낸 것이다.

"얘, 너희들 가서 서비스 안주 좀 가져와라. 여기 훈남들에게 어울리는 걸로."

나중에 알았지만 다른 손님들 지명이 들어온 까닭이었다. 그리고, 또 나중에 안 일이지만 텐텐프로의 여자들은 따블, 따따블로 뛰는 경우도 많다고 한다.

"저도 한 잔 주시겠어요?"

아가씨들을 내보낸 마담이 잔을 내밀었다.

강토는 양주를 그득 부어주었다. 그때 강토를 향해 마담의 입이 열렸다.

"가윤이 찾으셨다면서요?"

"예?"

"가윤이 고 년은 복도 많지. 이제는 어디서 이런 훈남들까지 불러들이고… 그런데 연락을 안 하고 오셨나 봐요?"

"예…….”

"가윤이 보려면 좀 기다려야 해요. 예약해 놓을까요?"

"아……. 그건 우리 회사가 곧 바빠질 거 같아서…….”

슬쩍 둘러댄 강토가 마담의 눈을 겨누었다. 정가윤을 아는 사람. 그렇다면 놓칠 수 없는 일이었다.

—정가윤과 송무학!

두 기억을 함께 뒤지는 강토. 마담의 기억 서랍은 숙희와 달랐다. 차곡차곡, 그러면서도 가지런하게 정렬이 되어 있는 것이다. 나름 머리가 돈다는 증거였다.

'정가윤, 송무학과 밀월여행 중.'

송무학이 정가윤을 주선해 준 마담에게 돈을 찔러주는 장면이 보였다. 고맙게도 강토가 찾던 실마리가 나오는 것이다.

땡큐!

그제야 술이 땡기기 시작했다.

제6장
최면술사를 만나다

"며칠 조용히 썩으려고 하는데 가윤이 좀 데려갈게."

"며칠이나요?"

"1주일이면 돼."

"가윤이 우리 가게 에이스인데……."

"나중에 내가 종목 하나 찔러줄게. 그러면 돼?"

"지금 찔러주시면……."

"계산 하나는 빠꼼이라니까. 내일부터 3일간 이 게임 회사 주식 거둬들여. 아는 놈들이 곧 움직일 거 같더라고."

"별장 가실 거예요?"

"아니, 삼성동 커맨드센터."

"또 작업 들어가시는구나?"

"너무 많이 알려고 하지 말고."

대화의 기억은 거기서 끊었다. 다음으로 넘어간 건 삼성동이었다. 아쉽게도 마담은 커맨드센터라는 곳을 몰랐다.

이놈의 인생…….

'꼭 2%가 모자란단 말이지.'

2%!

그러나 채우지 않으면 안 될 일이었다. 강토는 2%를 추적해 나갔다.

〈삼성동 커맨드센터〉

그러자 윤 부장이라는 사람 얼굴이 나왔다. 마담과 나란히 선 폼이 이 가게의 부장 같았다. 그가 커맨드센터를 아는 것이다. 기억의 그림에서 답이 나왔다. 어느 날 한 건 크게 올리고 정가윤과 밤새 달리다 필름이 끊어진 송무학. 그때 윤 부장이 대리 대신 그를 모셨다. 침대까지 모셔야 했던 것이다.

"오늘 윤 부장 나왔어요?"

잔을 비워낸 강토가 물었다.

"어머, 우리 윤 부장님도 아세요?"

"실은 우리 거래처 분들 중에 여기 단골이 많아서… 자주 오지는 않아도 정보는 빠삭하게 꿰고 있지요."

"어머, 어쩐지… 불러드려요?"

"그러세요. 인사나 트고 지내게…….

"잠깐만 기다리세요. 아, 그런데 이것들은 안주를 씨 뿌려서 추수해서 가져오나⋯⋯."

노련한 마담은 아가씨들을 위한 방어 멘트를 날리고 복도로 나갔다.

윤 부장이 들어섰다. 대기하고 있던 강토는 탐색도 없이 시크릿 메즈를 날렸다.

〈송무학!〉

윤 부장의 기억 서랍은 좋은 편이었다. 송무학은 그에게 있어 큰손. 그래서 그런지 주포에 대한 기억이 아주 많았다.

─따로 만나 골프를 친 그림도 나오고.

─애경사를 챙기는 장면도 보이고.

─룸에서 접대하는 그림도 보였다.

〈삼성동 집〉

매직 뉴런에게 명령어를 넣었다.

뉴런들은 기억의 서랍 한곳으로 몰려들었다. 서랍이 열리자 세 사람이 보였다. 윤 부장과 송무학, 그리고 정가윤이었다. 주포의 차량번호부터 따두었다. 떡이 된 송무학을 침대에 누이는 윤 부장. 방 한쪽에는 컴퓨터가 10여 대 보였다. 그러나 책상은 하나로 길게 연결된 맞춤형. 주포의 커맨드센터가 틀림없었다. 윤부장은 정가윤에게 눈짓을 보내고 그 방을 나왔다. 돌아보는 시선에 호실이 보였다.

1224호!

〈삼성동 비전타워오피스텔 1224호〉

강토는 마침내 원하는 걸 얻어내고 말았다.

"오빠, 늦어서 미안!"

5분쯤 더 지나자 숙희와 아가씨가 호들갑을 떨며 들어왔다. 그녀들 손에 들린 건 육포가 전부였다.

"좀 늦었죠? 주방이 바빠서 불판 자리가 나야 말이죠."

숙희는 만회라도 하려는 듯 입을 쉬지 않았다.

"어머, 술 떨어졌네? 일 병 추가?"

숙희가 강토를 바라보았다.

"잠깐 좀 나가 있을래? 우리 내일 비즈니스 좀 상의할 게 있어서 말이야."

강토가 문을 가리켰다. 분위기 상, 쫑이라는 걸 눈치챈 두 아가씨는 볼살을 찡그리며 나갔다.

"틀렸지?"

덕규가 몸을 앞으로 당겨 앉으며 물었다.

"아니, 다행히 한 사람하고 뇌파가 맞았다."

"정말?"

"그러니까 막 잔 마시고 나가자."

"오케이!"

덕규, 남을 술을 다 비울 요량으로 물 잔을 내밀었다.

"야!"

"아깝잖아? 이 피 같은 술… 돈이 얼마인데……."

덕규는 남을 술을 제 잔에 다 부어버렸다.

둘은 대리가 모는 차에 올랐다.

"청량리 가신다고 들었는데요?"

얼마나 달렸을까? 강토가 차를 세우자 대리 아가씨가 물었다. 텐텐프로답게 대리 아가씨도 쭉쭉빵빵하기는 웬만한 모델 못지않았다.

"됐으니까 그냥 가. 우린 술 좀 깨고 갈 테니까."

강토가 말했다.

"속이 안 좋으시면 바람 좀 쏘이세요. 제가 기다릴게요."

벨로체의 서비스는 좋았다. 대리비야 술값에 포함이라지만 마음가짐이 프로였던 것이다.

"진짜 괜찮으니까 가세요!"

강토가 한 번 더 강조했다. 아가씨는 그제야 반듯한 인사를 남기고 운전석에서 내렸다.

"어쩌려고?"

강토 속내를 모르는 덕규가 물었다.

"비싼 술 마셨으니 일해야지."

강토가 핸드폰을 꺼내들었다.

"일? 무슨 일?"

"여보세요? 여기 대리 좀 보내주세요. 목적지는 삼성동이고 현재 위치는요……."

설명을 마친 강토가 전화를 끊었다.

"지금 가게?"

"응!"

"그럼 아까 그 대리한테 거기로 가라고 하지? 어차피 대리비도 술값에 포함이라며?"

"너 술 안 깼구나?"

"……?"

강토가 빤히 바라보자 덕규는 아차 싶었다. 그제야 감이 온 것이다. 삼성동 비전타워오피스텔은 벨로체에서 알아낸 일. 게다가 대리기사도 거기서 일하는 사람. 좋은 대응법이 아니었다.

"미안, 형!"

"됐다. 대리 오는데 한 10분 걸린다니까 그사이에 바람이나 쐬자."

강토가 문을 열고 내렸다. 먼 한강에서 불어오는 바람이 느껴졌다. 깊고 깊은 밤, 비싼 술이라 그런지 취기는 별로 올라오지 않았다.

'삼성동이라……'

강토는 강남 쪽을 바라보았다. 만약 주포가 거기 짱 박혀 있는 거라면. 혼자도 아니고 아가씨까지 끼고 있는 거라면. 며칠 은둔할 각오일 수도 있었다.

'미녀까지 대동하고 굴에 틀어박힌 호랑이……'

언제 굴에서 나올까?

어떤 경쟁자와 손을 잡은 걸까?

궁금해졌다.

삼성동 오피스텔의 아침이 밝아왔다. 비전타워오피스텔은
그냥 아무나 드나드는 싸구려 오피스텔이 아니었다. 최상급은
아니지만 나름 출입자를 통제하는 시스템을 갖추고 있었다.
몇 시간을 지켜본 결과 그냥 들어간 건 페인트 통을 운반하는
인부들뿐이었다.

"형, 컵라면이라도 사올까?"

운전석의 덕규가 배를 문지르며 말했다. 밤을 새웠더니 속
이 쓰린 모양이었다.

"고급 양주 먹고 컵라면 가지고 되겠냐?"

"그거야 뭐……."

"저기가 좋겠다."

강토의 손이 건너편을 가리켰다. 복 전문점이 보였다.

"복국은 비쌀 텐데……."

"텐텐프로 양주만 할까?"

강토가 앞서 걸었다. 덕규는 허둥지둥 뒤를 따라왔다.

"으아, 죽인다. 이 맛에 복국, 복국 하는구나?"

국물까지 깔끔하게 비워낸 덕규가 만족도 100%의 표정을
지었다. 속이 확 풀리는 모양이었다.

"그렇지?"

"우리 엄마 말이 딱이라니까. 형 쫓아다니까 이런 것도 다 먹어보고……. 하긴 텐텐프로에 고급 양주에… 맨날 588 애들로 눈요기만 하다가 눈코입이 동시 호강이네."

"588 애들이 어때서? 걔들도 잘 입혀서 어제 그 가게에 앉혀 놓으면 사이즈 안 빠진다."

"뭐 그 정도 사이즈 애들도 많긴 하지."

"2차 갈래?"

"2차?"

"해장했으니 몸도 담궈야지. 저쪽에 찜질방 보이더라."

"형, 송무학 만나야 한다며?"

"그러니까 몸 담그러 가자는 거야."

"……?"

"이런 꼴로 찾아가면 좋아하겠냐? 목욕재계하고 가야지."

"형……."

"따라와라. 블랙박스 오피스텔 출입구에 맞춰서 켜두고 왔으니까."

"아, 진짜……."

이번에도 덕규는 허둥거리며 강토의 뒤를 따랐다.

찜질을 했다. 정갈하게 땀을 쏟았다. 몸이 노곤해졌다. 강토는 저온찜방에서 한잠 때려 버렸다. 토끼눈을 하고 작전을 수행할 수는 없기 때문이었다. 두 시간쯤 자고 일어났다. 덕규도 뒤를 따라 눈을 떴다.

차로 돌아와 블랙박스를 확인해 보았다. 오가는 사람들 중에 송무학이나 정가윤은 보이지 않았다. 시계를 보았다. 시간은 정오를 향해 가고 있었다.

—주식하는 사람이 그나마 한가할 때가 언제죠?

—점심시간 무렵이지. 독한 놈들은 밥도 안 먹지만 대개 밥은 먹고 하니까.

찜질방에서 이성표에게 얻은 정보를 떠올렸다.

점심시간!

배달원들이 보이기 시작했다. 강토는 차에서 내렸다.

"저기요!"

막 배달을 마치고 나온 배달원을 불러 세웠다.

"왜요?"

배달원이 돌아보았다.

"혹시 1224호 배달 아닙니까? 나 거기 살아요. 아까 나오면서 주문 넣었는데?"

"아니거든요."

배달원은 귀찮다는 듯 눈을 흘기고 오토바이에 올랐다.

배달원 체크!

강토는 생각했다. 송무학은 거액을 주무르는 주포. 거기에 정가윤은 텐텐프로 아가씨. 그런 아가씨를 불러놓고 밥을 굶길 리는 없었다. 하지만 밖으로 나오지 않았다. 차도 없고 사람도 없었다. 그렇다면 배달밖에 없었다. 그래서 배달원들을 잡고 확인하고 있는 것이다.

"맞는데요? 특짜 초밥 4인분에 황체 참치 2인분……"

그러다 네 번째 배달원에게서 원하던 답이 나왔다. 그는 초밥집 배달원이었다. 아침이라도 건너 뛴 건가? 푸짐하게 차린 메뉴였다.

땡큐!

진심으로 고마움을 전한 강토가 방향을 틀었다. 비전타워 오피스텔 현관 로비였다.

"준비됐나?"

문앞에서 강토가 덕규를 돌아보았다.

"예, 실장님!"

"뻣뻣하다. 그냥 자연스럽게."

"네, 실장님!"

덕규의 목소리가 부드럽게 풀렸다. 넥타이를 조인 강토가 안으로 들어섰다.

시크릿 메즈!

동시에 시전이 되었다. 강토의 매직 뉴런은 로비의 관리책임자 눈을 통해 뇌 안으로 달려갔다. 로비 직원은 두 사람. 여직원은 컴퓨터로 뭔가를 체크하느라 바빠 보였다.

"어떻게 오셨습니까?"

책임자가 물었다.

"1224호에 서류 배달 좀 왔는데요."

"거기 두고 가시면 저희가 전달해 드리겠습니다."

"이게 중요한 서류라서요. 제가 좀 올라가면 안 될까요?"

"그럼 제가 여쭤봐 드리죠."

책임자가 인터폰을 집어들었다.

그건 안 될 말!

송무학은 강토와 덕규를 모른다. 그러니 직접 방문을 허락하지 않을 건 뻔한 일. 그렇기에 강토, 매직 뉴런에게 가속을 붙였다. 목적지는 전두엽의 피질. 그 부분이 바로 동정심을 느끼는 부위였다. 그런데, 이 인간 좀 보라지. 피도 눈물도 없는 사람이 있다더니 책임자가 그랬다. 피질을 살짝 자극해보지만 씨도 먹히지 않았다. 워낙 단단해서 바위를 쓰다듬는 꼴이었다.

'별수 없지.'

이번에는 정공법을 택했다. 그대로 대뇌피질로 들이친 강토, 이랑과 고랑을 지나 기억의 방으로 들어갔다. 그리고 책임자의 서랍에 얼굴과 이름 하나를 쓸어 담았다. 그 주인은 이강토였다.

이강토!

기억 추가!

"잠깐만요. 저 아시잖아요? 한 번만 좀 봐주세요."

강토가 책임자를 바라보았다.

"응?"

책임자가 고개를 들었다.

"저 강토예요. 이강토."

"이강토?"

"예, 이강토……."

이강토!

책임자는 강토를 바라보았다. 그러더니 눈자위를 구기며 뭔가를 상기했다.

"아, 내 정신……. 이강토."

성공이었다. 책임자가 그의 뇌에 든 강토의 흔적을 떠올린 것이다.

"잠깐이면 돼요. 다녀올 게요."

"그래. 얼른 다녀와."

책임자는 친절하게 엘리베이터를 가리켰다.

"우와, 저분 아는 사이였어?"

엘리베이터 안에서 덕규가 물었다.

"대한민국 사람들 몇 다리만 건너면 다 지인 아니냐?"

강토는 시치미를 떼고 웃었다.

"그럼 진작 말을 하지. 난 또 괜히 쫄았잖아?"

덕규가 숨을 고르는 사이에 엘리베이터가 멈췄다. 12층이었다. 복도를 걸었다. 24호는 12층의 끝이자 로열 룸이었다.

"형, 잠깐만!"

앞서가던 강토를 덕규가 세웠다.

"왜?"

"송무학 어떻게 불러낼 거야? 노크? 벨?"

"아무렇든. 여기까지 왔는데 그게 문제겠냐?"

"그 정도는 나한테 맡기는 게 어때? 형은 뇌파 조준할 준비나 하고."

"네가?"

"맡겨두라니까."

덕규는 엘리베이터 옆의 우편함으로 다가섰다. 오피스텔은 보통 두 가지 방식으로 우편물을 전달한다. 하나는 1층 로비에 전체 우편함을 설치하는 것. 또 하나는 여기처럼 각층 엘리베이터 옆에다 그 층의 우편함을 설치하는 것.

우편함을 뒤적인 덕규가 몇 개의 봉투를 뽑아들었다.

"형, 이거 뭔지 알지?"

"대출 채무이행 독촉장?"

"오케이, 내가 추심 좀 다녀봤잖아? 오피스텔은 장기 주거자가 적다보니 채무자 득실이야. 많은 곳은 하나 건너 채무자들이지."

덕규는 저축은행 등에서 보낸 독촉장을 흔들어 보였다.

＊　　　　＊　　　　＊

"어쩌려고?"

"어쩌긴? 밥값도 하고 경험도 살리고……."

덕규가 웃었다. 강토는 그게 무엇을 뜻하는지 알았다. 덕규
와 강토는 양복차림. 저축은행에서 나왔다고 둘러댈 속셈이었
다.

"자신 있냐?"

"당연하지. 추심 나가면 집 잘못 찾지? 그럼 바로 문이 열려.
반대로 채권자가 있는 집이면 문 안 열리고."

덕규는 신이 난 듯 경험담을 이어나갔다.

"그게 바로 사람 심리라는 말씀. 빚 없는 사람은 추심자가
잘못 찾아오면 자기는 그런 사람이 아니라는 걸 과시하기 위
해 나와서 추심자를 쥐 잡듯 닦아세우고, 반대로 빚 있는 사
람은 집에 아무도 없는 척하기 일쑤거든."

"알았다. 실력 한번 발휘해 봐라."

강토의 허락이 떨어졌다.

"이봐요, 이봐요!"

1224호 앞으로 다가선 덕규가 문을 두드렸다. 소리는 컸다.

"뭐야?"

덕규 말대로 안에서 바로 고함이 터져 나왔다. 강토를 바라
본 덕규가 보란 듯이 웃어보였다.

"KK 저축은행에서 나왔습니다. 김우악 씨 계시죠."

느긋하게 멘트를 던지는 덕규.

"저축은행?"

"문 좀 열어주세요."

덕규는 한 발 물러선 채 목소리까지 점잖게 바꾸었다. 문에는 렌즈가 달려 있었다. 안에서 내다보라고 거리까지 띄워준 것이다.

"저축은행이 왜?"

마침내 문이 열리며 송무학이 나왔다. 빳빳한 그 눈을 강토의 매직 뉴런이 정통으로 겨누었다.

"김우악 씨죠? 대출금 180만 원이 이자하고 합쳐서 440만 원이 되었습니다. 통보받으셨죠?"

덕규는 계속 바람을 잡았다.

"대출금? 무슨 헛소리야?"

"김우악 씨 아닙니까?"

"김우악? 난 송무학이야!"

결백하기에, 덕규의 예상처럼 목청을 높이는 송무학. 흥분한 그의 아세틸콜린이 농도를 더하고 있을 때 강토의 뉴런은 깊고 깊은 비밀의 공간으로 들어섰다.

열어라!

〈블루 라이프〉

기업 이름부터 선택 명령어로 넣었다. 진입 느낌은 좋지 않았다. 뭔가 안개가 끼어 혼미한 느낌이었다. 뇌 속에도 미세먼지가 있는 걸까? 깊은 곳에 도달해 기억의 서랍을 열었다. 이성표의 짐작대로 그는 블루 라이프의 주식판에서 터줏대감을 맡고 있었다. 하지만 블루 라이프 민 사장과 연관되는 기억은 없었다. 그저 기업평가 펀드매니저, 애널리스트들과 함께 기업을 방문해서 만났던 기억 외에는.

이번에는 여섯 잠재 경쟁자의 이름을 차례로 집어넣었다.

"……!"

강토의 의식은 두 번 출렁거렸다. 송무학과 접속한 사람은 둘이나 되었다. 한 사람은 여자였다.

이규리와 봉상근.

먼저 봉상근의 기억이 그림으로 나왔다. 강토가 찾아갔던 그 텐텐프로, 벨로체 안이었다. 당연히, 송무학의 옆에는 정가윤이 있었다. 중간에 잠시 정가윤이 자리를 비웠다. 봉상근의 배팅이 들어갔다.

"송 선생님, 어려운 부탁 하나 드리려고요."

그렇게 운을 뗀 봉상근의 배팅액은 111억이었다. 숫자 111 다음에 쓰인 한문이 또렷했다.

億!

그리고 미개봉 봉투를 전달했다. 그들이 원하는 종가였다, 봉투는 열리지 않았지만 종가는 송무학의 머리에 있었다. 숫자가 111인 건 이유가 있었다. 송무학이 좋아하는 숫자다.

〈8,900원!〉

봉상근 측의 패는 8,900원이었다. 남들의 판에 휘둘리기 싫어하는 송무학은 확답을 피했다. 그러나 두 사람은 이미 인연이 깊은 관계. 송무학이 간혹 남는 자원을 동원해 봉상근을 지원한 경험이 있는 관계였다.

다음으로 중국 팀!

거기 속한 이규리는 동글동글 웅녀 같은 여자였다. 옛날로 치면 부잣집 맏며느리 감의 스타일. 기억 속의 두 눈이 어찌나 깊은지 사람을 다 흡수해 버릴 것만 같았다. 이규리는 이철승 왼편에 자리하고 있었다. 중국 여자로 보였다. 오른편의 사람은 중국인 전주였고 또 한 사람이 바로 한국 측 브로커, 즉 리더로 나서는 이철승이었다.

이철승!

그에게 주목하는 강토. 이성표가 신경 쓰는 이유가 있었던 것이다.

이철승은 현찰 뭉치부터 내밀었다. 바로 이 오피스텔이었다.

'100억!'

이철승이 내민 돈은 봉상근의 배팅액보다 적었다. 그런데… 송무학의 눈빛이 점차 바뀌어갔다. 이규리를 빤히 바라보는 눈빛. 그녀에게 꽂히기라도 한 걸까? 송무학의 사나운 경계 각이 서서히 풀린 것이다. 송무학은 결국 현찰을 거두었다. 성공보수 111억보다 현찰 선금 100억을 택한 것이다.

현찰의 위력일까? 인감의 심리를 엿볼 수 있는 단면이었다. 미래에 생길 예상액보다 당장 손에 만져지는 돈이 사람의 마음을 끄는 것이다. 송무학이 돈을 받자 중국인이 속내를 비쳐

왔다. 그가 원하는 디자인 금액은 세 가지였다.

8,800원!

9,000원!

9,200원!

시장의 변수를 염두에 둔 시나리오 같았다. 송무학은 계약서에 도장을 찍었다. 명쾌한 장면은 아니지만 서로 손을 잡으면서 공모 합의에 도달한 것이다.

'8,800원에서 9,200원······.'

강토의 작업은 끝났다. 송무학의 기억 속에 감춰진 비밀. 그걸 엿보았으니 게임은 끝난 것이다. 강토는 천천히, 송무학의 대뇌를 겨눈 눈빛을 거두었다.

"김우악 씨가 아니라고요?"

강토의 눈빛을 본 덕규가 마무리 모드에 들어갔다.

"그래, 그렇다고."

"그럼 여기 1324호 아닌가요?"

"여긴 1224호야. 1224호! 이 인간이 낮술 마셨나? 꺼져!"

눈을 부라리는 송무학의 어깨 너머로 안에 있는 정가윤이 보였다. 팬티라고 해도 무방할 핫팬츠에 나시 티를 입고 초밥을 우물거리는 정가윤. 그녀의 몸매는 이규리와 완전 대조판이었다.

여우와 곰!

그래도 돈이 무섭다. 여우 스타일을 좋아하는 송무학이 곰 같은 여자 앞에서 맥을 못 췄다. 아이러니가 아닐 수 없었다.

"에이, 재수가 없으려니까."

송무학이 문을 닫으려는 순간,

"······!"

강토의 호흡이 확 멈췄다. 몇 가지 머릿속에 떠오른 부조화 때문이었다.

곰 같은 여자, 그녀의 깊고 깊은 눈, 송무학에게 바르게 꽂힌 그녀의 시선. 그 시선에 매달린 송무학의 눈빛. 그리고 서서히 무너진 송무학.

송무학!

그는 프로다. 한눈도 팔지 않는다. 프로 중의 프로라는 뜻. 그렇다면 그는 111억을 택하는 게 옳았다. 액수도 그렇고 봉상근과의 관계도 그랬다. 그런데··· 뜻밖의 결과를 택했다. 이규리. 아무리 봐도 그녀는 흔히 말하는 미인계도 아니었다.

만약 송무학이 그녀에게 뻑 간 거라면 지금 오피스텔 안의 풍경도 어울리지 않았다. 그런 여자가 이상형이라면 당연히 그런 사이즈의 여자를 끼고 있어야 하는 것 아닌가?

순간, 강토는 머리를 빠악, 사납게 치고 가는 충격파를 만났다. 여자였다. 그 여자가 문제였다.

'시크릿, 시크릿 메즈!'

막 문이 닫히려는 찰나, 강토는 필사적으로 매직 뉴런을 출격 시켰다. 문은 딱 한 뼘을 남기고 멈췄다. 송무학의 눈은 그

틈으로 강토와 마주친 채 움찔거렸다. 다급한 강토가 그의 연수를 자극해 잠시 혼미한 상태를 연출한 것이다. 뇌 속은 여전히 안개같은 상태.

'이규리……'

바삐 기억을 더듬어갔다. 여자의 얼굴이 떠올랐다. 눈에 초점을 맞췄다. 여자의 호수 같은 눈이 클로즈업되었다.

눈…….

눈…….

'젠장!'

순간 강토는 눈이 아뜩해지는 걸 느꼈다. 보통 눈이 아니었다. 사람을 빨아들이는 눈, 고도로 훈련된 눈. 눈동자 안에 미혹과 몽환이 엿보이는 눈.

그리고…

송무학의 뇌 속에 낀 안개의 정체…….

'이제 보니 최면술?'

강토는 숨 가삐 한 단어를 떠올렸다.

송무학, 여자 최면술사에게 당한 것이다.

최면술!

차로 돌아온 강토는 한동안 말을 하지 않았다. 그 무거운 분위기 때문에 덕규의 얼굴도 덩달아 굳었다. 뭔가 잘못되었다고 판단한 덕규였다. 한참이 지나자 덕규는 편의점으로 가서 물을 사왔다. 말없이 강토 앞에 내밀었다. 강토는 물을 마셨다. 그리고 천천히 입을 열었다.

"덕규야!"

"응?"

"걱정되냐?"

"응……."

"걱정할 거 없다."

"하지만 형이……."

"일이 좀 얽힌 거 같아서……."

"내가 알면 안 돼?"

"당연히 되지."

"그런데 왜……."

"아직 나도 잘 모르는 일이라서 말이야."

"……?"

"세상 참 넓다."

"형……."

"나 말고 뇌파 쓰는 사람을 발견했어."

"진짜?"

"그래. 확인 좀 해봐야겠다."

"누구? 조금 전에 본 송무학 그 인간?"

"아니!"

"그럼 그 안에 있는 여자?"

"이거 입력하고 거기로 가자."

강토가 내민 건 이철승의 명함이었다. 이성표가 넘겨준 걸 덕규에게 내민 것이다. 강토 얼굴을 한 번 바라본 덕규는 말없이 네비게이션에 입력을 했다.

"경로 탐색을 시작합니다!"

멘트가 차 안에 울려퍼졌다. 덕규는 강토를 바라보지만 강토의 눈빛은 허공에 꽂혀 있었다. 차가 출발했다.

'최면술사……'

말로만 듣던 능력자들이었다. 반 검사의 말에 의하면 검찰 과학수사대에도 그런 사람이 있다고 했었다. 실제로 사건에도 투입되고, 증거능력도 인정받고 있다고 했었다. 방송이나 책에서도 본 적은 있었다. 뭔가 추 같은 걸 흔들며 말한다.

"이걸 보세요. 당신은 이제 잠에 빠집니다."

"당신은 깨어납니다. 하나, 둘, 셋!"

영화에서도 본 장면이었다.

그러나, 강토는 잘 믿지 않았다. 영화나 책에서 본 건 극적인 효과를 위해 신비주의 포장을 입힌 거라는 생각이 강했다. 그런 차에 진짜를 보았다. 그녀는 도구를 쓰지 않았다. 그저 쏟아질 것 같은 눈동자로 송무학을 바라보았을 뿐이다. 그런데, 송무학이 무너졌다. 처음 그들에게 가진 경계심과 반감 따위는 간 곳 없이 사라진 것이다.

(중국 놈들이 남의 나라 기업과 기술을 손도 안 대고 코 풀려고?)

송무학의 기억 속에는 그런 생각이 있었다. 같은 값이면 중국을 배제할 사람이었다. 그런 그가 한순간 맛이 가버려 계약서에 도장을 찍은 것이다.

그 여자 이규리!

눈빛이 자꾸 머리 속에서 아른거렸다.

'최면술……'

강토는 최면술의 원리를 찾아보았다. 최면은 집중이 핵심이다. 특정한 생각에 몰입하게 하는 것이다. 다음으로 심상이다. 심상으로 어떤 장면을 구성하고 기억하는 것이다. 강토는 고개를 저었다. 말이 어렵다. 간단히 말하면 강토처럼 뇌 의식을 지배하는 것이다. 최면술사의 의도대로 원하는 것을 떠올리게 하는 것이다.

그건, 강토의 시크릿 메즈와 닮아 있었다. 더구나 이규리가 그랬다. 시간과 송무학의 반응을 종합해 볼 때 그녀의 최면술은 일반적인 최면술사의 능력 저 위편에 있었다. 강토는 생각했다.

'만약……'

그녀가 거꾸로 이성표나 자신에게 최면술을 걸어온다면? 바로 그 입찰 장소에서 무방비 상태인 이성표와 강토에게 선제 최면술이 작렬한다면…….

오 마이 갓!

게임은 간단하게 끝났을 일이었다.

'찾아야 해.'

강토의 피가 뜨겁게 끓어올랐다. 일이 커지고 있었다. 큰 산을 넘었더니 그 뒤에 더 큰 산이 나온 형국. 그러나, 애당초 가장 큰 산이 바로 이 산이었다.

확인이 필요했다. 그러나 조심성도 필요했다. 혹시나 그녀도 강토의 능력을 알아차린다면?

'후우!'

무거운 숨이 목을 차고 나왔다. 목구멍이 아팠다.

'이규리……'

그녀가 보였다.

아주 쉽게 발견했다. 이철승의 사무실 빌딩 아래에 자리한 커피전문점 테라스에서 손가락만 한 토기 인형을 만지며 망중한을 누리고 있었기 때문이었다. 토기 인형은 진시황의 무덤에서 나온 것들의 축소판이었다. 이규리는 그 인형에 몰입하고 있었다.

야옹!

강토를 방해한 건 고양이였다. 검은 주름이 우아하게 알록진 고양이가 강토 발아래에 다가와 있었다. 강토는 고양이를 안아들었다.

"형!"

덕규의 목소리가 끼어들었다. 강토는 고개를 돌렸다. 차 뒤에 이성표의 차량이 도착하고 있었다. 강토는 조용히 그를 맞았다.

"고양이?"

차에서 내린 그가 고양이를 바라보았다.

"우리 실장님은 고양이 띠인가 봐요. 온갖 고양이들이 다 따르거든요."

덕규가 대신 설명하는 동안 강토는 고양이를 놓아주었다.

'가!'

뇌파로 말하자 고양이는 알아들은 듯 얌전하게 사라졌다.

"문제가 생겼다고?"

이성표가 담배를 물며 물었다. 바로 그때, 라이터의 불길이 별안간 크게 솟구쳤다.

'으헉!'

놀란 이성표, 담배와 라이터를 떨구며 소스라쳤다. 놀랄 상황이긴 하지만 지나쳤다. 물론, 강토는 그 이유를 알고 있었다. 불의 트라우마. 의붓 엄마가 미워 불을 놓았던 이성표. 그때의 기억이 트라우마가 되어 따라다니는 것이다.

"저 여잡니다."

이성표가 숨을 돌리자 강토의 손이 이규리를 가리켰다.

"미녀는 아닌데?"

"이철승 팀원입니다."

"저런 여자가 있다는 말은 못 들었는데?"

이성표는 가방을 열어 서류 봉투를 꺼내들었다. 처음부터

끝까지 서류를 재확인한 그가 다시 말을 이었다.

"긴급 투입인가? 금시초문이야."

"뭐든 갑자기 오는 법이잖아요. 오늘도, 내일도, 모레도……."

"철학적이군."

이성표가 웃었다.

"저 여자가 송무학을 잡았습니다."

"송무학 소재 나왔어?"

이성표가 반색을 했다.

"저 여자가 더 중요합니다."

"무슨 뜻이야? 송무학 전주(錢主)라도 되나?"

"심주(心主)입니다."

"마음의 주인?"

"제 식으로 말하자면 뇌의 주인이죠. 생각이란 심장이 아니고 뇌 속에 있는 거니까."

"저 여자도 뇌파라도 쓴다는 건가?"

"정확히 맞췄습니다."

"……?"

이성표의 눈이 뒤집히는 게 보였다. 어떻게 놀라지 않을 수 있을까? 그가 강토에게 반한 건 독심술이라고 둘러댄 능력 때문이었다. 그걸 철썩처럼 믿는 이성표. 그런데 상대방 측에도 그런 능력자가 있다니…….

*　　　*　　　*

"확실해?"

이성표가 물었다.

"확실하죠. 저 여자에게 홀린 주포 송무학이 꼼짝없이 계약서에 도장을 찍고 선금으로 대가를 챙겼습니다."

"맙소사, 봉상근이 아니고?"

"이철승 쪽입니다!"

강토가 잘라 말했다.

"작업 금액은?"

"88에서 92입니다."

"저 여자 말이야 이 실장보다 센가?"

마른 침을 넘긴 이성표가 고개를 들었다. 너무나 그다운 질문이었다.

"만만한 상대는 아닌 거 같습니다."

"확인할 생각인가?"

"어쩔까요?"

강토가 물었다. 이성표의 눈이 우묵하게 안으로 들어갔다. 그는 강토의 의미를 알고 있었다.

확인!

그 말은 상대성이었다. 상대가 강자라면 강토의 존재도 밝혀지는 것이다. 그건 곧 이성표의 패가 공개되는 걸 뜻했다. 강토, 그래서 이성표를 부른 것이다.

"이 실장 생각은 체크하자는 쪽이겠지?"

"예!"

"그럼 나도 콜이야. 우리 땅에서 중국 애들에게 꿀릴 거 있나? 정면대결하자고."

"마음에 쏙 드는 말이군요. 가자, 덕규야!"

그 말과 동시에 강토가 문을 열고 나갔다. 이규리에게 가는 것이다.

"멋지단 말이지. 이 실장… 안 그래?"

이성표가 운전석에서 일어서려는 덕규 등짝을 후려치며 웃었다.

"우리 실장님이 좀 그렇긴 하죠."

덕규는 따가운 어깨를 문지르며 운전석을 나섰다.

냉커피 두 잔이 테이블에 올려졌다. 이규리와의 거리는 테이블 두 개였다. 중간 테이블에는 여학생이 담배를 꼬나물고 노트북을 하고 있었다.

야외로 나온 테라스…….

과거에는 분위기가 있었지만 금연정책을 강화한 뒤로 비흡연자에게는 비호감의 자리가 되었다. 담배 피는 사람들이 선호하는 자리가 된 까닭이었다.

"덕규야!"

커피를 빨던 강토가 말했다.

"응?"

"너 학교 다닐 때 중국 가서 한 달 살았다며? 중국말로 실례합니다가 뭐냐?"

"뚜이부치?"

"오케이!"

강토는 비스듬히 바라보이는 이규리의 얼굴을 겨누었다.

될까?

이규리는 중국 사람. 그러나 한국말을 할 줄 아는 여자. 언어의 문제는 없을 것 같았다.

'뚜이부치, 당신의 비밀을 좀 실례하겠습니다.'

조심스레 강토의 뉴런이, 커피 향을 타고 이규리의 눈동자로 밀려갔다. 이 정도까지는 시전이 가능한 강토였다. 이규리는 다행히 미동도 하지 않았다. 움찔거린 것은 오히려 강토였다.

그녀 안에 있는 것.

—설렘이었다.

—흥분이었다.

호흡이 가빠지는 걸 보니 대뇌를 떠받치고 있는 뇌간이 바빠진 모양이었다. 진심으로 궁금했다. 최면술의 강자 이규리. 그녀의 머릿속…….

'보—인—다!'

강토는 숨을 멈췄다. 이규리의 뇌 속이 도로처럼 펼쳐지기 시작했다. 전전두엽, 전뇌, 중뇌, 소뇌, 연수에 이어 교뇌까지······.

강토의 매직 뉴런들은 빛의 속도로 시냅스 반응을 이루며 뇌 속으로 진행해갔다. 생명의 뇌로 불리는 뇌간을 지나 감정의 뇌로 불리는 변연계에서 특이한 것 하나를 먼저 캐치했다. 변연계는 감정과 욕망, 학습과 기억 기능 등에 두루 작용하는 부위. 호두알만 한 그곳에서 도드라진 것은 감정과 욕망이었다.

보기와 달리 그녀의 성적 욕망은 왕성했다. 변연계의 활동으로 보아 그녀의 기억은 지금, 한 남자와의 상상 교미를 꿈꾸고 있는 지도 몰랐다.

'정력녀!'

걸맞은 닉네임 하나를 붙여주고 대뇌피질로 치달았다. 이곳은 이성의 뇌로 불리는 곳. 주름투성이지만 인간을 인간답게 만드는 곳이 바로 이곳이었다.

'열려라!'

강토, 눈을 지그시 감은 채 치열하게 집중했다. 최면술사에 대한 경계심은 단 한 치도 무너지지 않고 있었다. 순간, 강토의 몸이 휘청 흔들렸다.

"형!"

"쉬잇!"

바로 몸을 세운 강토가 손가락을 입술로 가져갔다. 이규리는 머리를 기울여 보고 있었다. 그녀의 머릿속에 일어난 이상한 반응을 감지하는 모양이었다.

눈치챈 건가?

다른 곳을 보는 척 이규리를 보았다. 고개를 갸웃거릴 뿐 별다른 눈치는 없었다. 들킨 것까지는 아닌 모양이었다.

'그렇다면 다시!'

강토는 전의를 가다듬었다. 방금 전 흔들린 건 그녀의 뉴런들 때문이었다. 그녀의 뉴런들이 어느 한 지점에서, 강토의 매직 뉴런을 튕겨냈다. 시냅스의 손을 잡아주기는커녕 거칠게 뿌리쳐 버린 것이다.

자기 방어!

특이한 뇌파를 가진 여자였다.

강토에게는, 있을 수 없는 일이 일어난 것이다.

'후움!'

강토는 매직 뉴런들은 한곳에 모았다. 그리고 해마로 이어지는 견고한 문을 겨누었다.

'부탁해!'

강토의 명령이 머리를 떠났다. 명령은 이규리의 머릿속에 있는 매직 뉴런들에게 옮겨졌다. 이온… 매직 뉴런들은 주변의 이온을 모두 끌어당겼다. 그런 다음 이규리의 뉴런들에게 소리 없는 장막처럼 밀어 보냈다. 이규리의 뉴런들은 이번에도,

뇌파를 방패삼아 저항을 했다. 의식이었다. 거부감이 뚜렷한 의식. 그러나 매직 뉴런들이 뿜은 이온이 너무 많았다. 의식은 결국 저항을 포기하고 매직 뉴런의 시냅스를 받아들였다. 중국군이 썼던 인해전술이 그녀의 뇌 안에 먹힌 것이다. 비밀의 문은 그렇게 열렸다.

"......!"

강토가 한 번 더 휘청거렸다. 이번에는 아예 정신이 나갈 뻔했다. 아까와는 달랐다. 이규리의 뉴런들이 반격을 한 게 아니었다. 비밀의 방에서 건져낸 빅 시크릿(Big Secret). 빅 시크릿 때문이었다.

'미친......'

욕이, 분노가, 저주가 저절로 나왔다. 강토는 떨리는 의지를 달래며 절반 쯤 열린 서랍을 죄다 열었다. 비밀 서랍 속에서 사람이 나왔다. 죽은 사람이었다. 모두 합쳐 네 명이었다.

죽음의 장면을 더듬어나갔다. 셋은 중국에서, 중국 사람이었고, 하나는 한국에서, 한국 사람이었다. 이규리, 자그마치 네 명을 죽인 살인마였던 것이다.

그중 둘은 침대였다. 아주 잘생긴 20대 중반의 남자들이었다. 이규리는 그들에게 최면을 걸었다. 측두엽을 자극한 환각이었다. 측두엽은 관자놀이 쪽. 이 부위에 장애가 생기면 환각을 볼 수 있었다. 이 여자는 절정의 쾌락을 위해 남자들의 측두엽과 변연계를 동시에 자극했다. 그 결과 색기에 굶주린

야수처럼 이규리를 탐닉하고 죽어갔다. 흡사 성교의 악마 서
큐버스처럼.

'으허억!'

비명도 나오지 않았다. 살인 때문이 아니었다. 그녀의 최면
술 위력 때문이었다. 두 상대는 모두 건강하고 젊은 남자. 그
런 남자들을 꼭두각시로 삼을 만큼 위력적인 최면술……

'어쩌면……'

상상하는 동안 강토의 이마에서 식은땀이 주르륵 흘러내렸
다.

"형……"

덕규가 걱정스레 속삭였다.

"쉿!"

강토도 소리 낮춰 속삭였다.

이규리의 비밀 기억은 거푸 열려 나왔다. 나머지 두 남자는
다른 목적의 희생자였다. 강토는 한국의 살해 장면에 특별히
집중했다. 공범은 중국인 책임자 왕평이었다. 희생자의 이름
은 선종일. 직업은 일류 대학 교수. 관련 기억으로는 장남감
이 나왔다.

'장난감……'

특이하게도 아이들 장난감이 기억 속에 많았다. 장난감에
쓰여진 로고는 MM이었다. MM……. 떠올려보지만 마땅한 회

사가 나오지 않았다.

"어이, 리 선생!"

강토의 집중에 방해물이 끼어들었다. 이규리 팀의 배후인 중국인 왕펑이 등장한 것이다.

"뭐하시나?"

그는 이규리 옆에 자리를 잡으며 다리를 꼬았다.

'잘됐군.'

강토는 남은 냉커피를 단숨에 넘겨 버렸다. 둘은 어차피 한 팀. 같이 분석하지 않고는 정답에 이르기 힘들 일이었다.

'후웁!'

잠시 기력을 회복한 강토의 매직 뉴런이 다시 날아갔다. 이번 목표는 중국인이었다.

'이규리!'

옵션은 당연히 그녀였다. 여자의 이름을 부여 받은 뉴런들은 거침없이 대뇌피질에 닿았다. 이규리에 비하면 누워 식은 죽 먹기였다. 몇 개의 서랍이 얌전하게 열렸다.

"……!"

일단 경악으로 시작을 했다. 이규리가 탐닉하고 죽인 두 명의 남자. 그 둘의 공급처가 바로 중국인이었다. 더불어 또 다른 그림이 나왔다. 이규리와 중국인이 붙어먹는 장면. 여러 번이었다.

이것들이 부부인가?

강토는 중국인의 아내 기억을 뒤졌다. 그랬더니… 코끼리만 한 아내 기억이 나왔다.

중국인 기억 속의 아내는 몸서리를 치게 하는 장본인이었다. 그러나 그 아내는 중국 유력 부호의 외동딸. 명목상 부부로 살면서 장인의 부에 기대 호화호식을 누리는 인간이 왕평이었다. 그의 기억에도 살인은 있었다. 이규리가 죽인 한국인 둘. 그 배후마다 그가 포진하고 있었다. 사업상의 목적을 위해 이규리에게 남자를 조달했던 것.

사건이 커지고 있었다.

〈응찰액!〉

살인은 미뤄두고 애당초의 목적을 짚어 보았다. 비밀의 서랍이 열렸다. 왕평의 기억은 온통 중국어였다.

중국어!

그런데… 놀랍게도 저절로 이해가 되었다. '느낌 전이'가 이런 것일까? 마치 초월적 메신저가 된 기분이었다. 신의 눈으로 인간을 보는 느낌… 매직 뉴런에 접속된 이상 뇌 안의 것은 언어조차 문제가 되지 않는 것이다.

6번 뇌…….

다시 한 번 기가 막혔다. 한국인의 피로 미국에서 살았던 그였기에, 실험관 안에서 언어의 장벽마저 뛰어넘은 모양이었다.

'땡큐!'

경의를 표하고 작업을 진행했다. 중국인이 만지고 있는 숫자는 송무학의 그것과 같았다.

8,800원에서 9,200원!

'개자식들……'

간신히 분노를 달랜 강토가 슬며시 일어섰다. 덕규도 그 뒤를 따랐다.

"어떻게 됐나?"

차로 돌아오자 이성표가 물었다.

그의 얼굴에도 긴장은 가득 쌓여 있었다. 강토는 이성표가 있는 뒷좌석으로 올랐다.

"전략을 다시 짜야겠습니다."

"뭐가 잘못 됐나?"

"아주 많이요."

"이 실장!"

"팀장님, 혹시 이 건 버릴 생각도 있습니까?"

"포기하자는 건가?"

"다른 의미입니다. 대의적으로……"

"이야기 듣고 공감이 가면 손 털 수 있네. 어차피 우리는 같은 배를 탄 파트너니까."

이성표는 쿨하게 나왔다.

"그럼 블루 라이프 사장님을 좀 만나주시죠."

"블루 라이프 사장은 왜?"

"제 생각은……."

이성표의 귀에 대고 강토가 속삭였다.

"……!"

오랜 침묵이 차 안에 내려앉고 있었다. 강토는 눈을 감고 있었다. 아직도 뒷좌석이었다. 덕규는 그런 강토를 백미러로 훔쳐보았다. 이성표는 자리에 없었다. 그는 지금 저 앞에 보이는 블루 라이프 사무실에 가 있다.

강토의 제안을 받은 이성표는 잠시 고민을 했었다. 하지만 오래 생각하지는 않았다. 결국 차는 블루 라이프로 향했다. 그리고, 1시간 가까이가 지나고 있었다.

이때까지도, 강토의 손은 파르르 떨고 있었다.

살인!

그건 강토와 먼 단어였다. 방송이나 인터넷에서 매일처럼 보고 들은 뉴스들이지만 그 대상자들은 강토와 멀었다. 강토가 살인을 만난 건 6번 뇌의 일이 처음이었다. 그가 산 채로 실험대 위에서, 그의 아버지인 차 박사에 의해 뇌가 들려 나오던 장면. 차 박사의 비밀 기억에서 본 그 그림이 최초의 연관이었다.

그 연관의 충격은 작지 않았다. 비록 6번 뇌의 원한이 차 박사의 머리에서 꺼낸 그림이라지만 그 그림을 형상화시킨 건 강토의 뇌였다. 직접 겪은 일은 아니지만, 기억이 남은 것이다.

그리고 이규리…….

그녀의 머릿속에 들어 있는 네 건의 살인. 그 또한 강토의 뇌를 통해 영상화가 되었다. 이규리의 머릿속에서 강토의 기억처럼 생생하게 보인 것이다.

하나도 아니고 넷이었다.

물병을 집어 들었다. 물이 없었다. 눈치를 차린 덕규가 조수석의 물병을 건네주었다. 강토는 작은 병 하나를 단숨에 마셔 버렸다. 그래도 덕규는 그저 바라볼 뿐이었다. 뭔가 굉장한 일이 일어났다. 덕규도 그 정도는 알았다. 그렇기에 방해가 되지 않으려고 군더더기를 붙이지 않고 있었다.

'잘될까?'

강토는 옵션을 걸러 간 이성표를 생각했다.

처음에는 반 검사에게 갈 생각이었다. 이규리의 기억 속에 있는 살인들을 알려주고 구속시킬 생각이었다. 그러다 생각을 바꾸었다. 특이한 능력을 앞세워 생명을 탐하는 이규리와 중국인. 제대로 엿을 먹인 후에 콩밥을 먹여도 늦지 않을 일이었다.

이성표는 지금 그 엿 먹이는 방법을 블루 라이프 사장에게 타진하고 있는 것이다. 받아들이지 않는다면 다음 전화번호는 반 검사 차례가 될 판이었다. 차선책을 앞당기는 수밖에 없는 것이다.

차에서 내려 바람을 쐬었다. 저만치에서 서성거리던 고양이 두 마리가 다가왔다. 고양이는 강토 앞에서 얌전히 두 다리를 모으고 꼬리를 세웠다.

주인님!

그 자세였다. 강토는 충성스러운 고양이의 등을 쓰다듬어주었다. 고양이는 위로라도 받는 듯 눈을 게슴츠레 깜빡이며 편안해했다. 그 표정에 강토도 위로를 받았다.

이성표가 돌아온 건 그때였다.

"팀장님!"

강토가 돌아보았다. 고양이를 바라본 이성표는 고개를 끄덕하는 것으로 성공을 알렸다. 강토는 고양이들을 보냈다.

"수고하셨습니다."

"무슨 소리. 이 실장 덕분에 피 끓는 승부 한 번 하게 생겼어."

"그 피 너무 끓어서 다 타버리면 어쩌죠?"

"무슨 걱정이야? 병원 가서 수혈받으면 되지."

"쉽게 수락하던가요?"

"이 실장 같으면 그런 뜬금없는 제안에 선뜻 손 내밀겠어?"

"……."

"하지만 결국 승낙했네. 이 실장 말대로 대의적으로 말이 되는 소리니까."

"……."

"결정적으로 민 사장은 밑질 게 없으니까."

"이제 제 손에 달렸군요."

"그래, 이 실장하고 내가 개쪽을 당하느냐 성공하느냐……."

"어느 쪽에 거실래요?"

"물론 성공이지. 난 개쪽 같은 거 별로 좋아하지 않거든."

이성표가 환하게 웃었다.

제7장
복병

밥은 순대국을 먹었다. 이성표는 가고 덕규와 둘이었다.

"궁금하지?"

순대를 새우젓에 찍은 강토가 물었다.

"존나!"

"그런데 참았냐?"

"형 인상 봤어? 아마 하느님도 말 못 붙였을 걸?"

"그렇게 더러웠냐?"

"아니, 어마무시하게 심각해서……"

"일이 그렇게 됐다."

"그렇게 중요하면 말 안 해도 돼. 형이 나 무시해서 그러는 거 아니라는 건 알고 있으니까."

"이해해 줘서 고맙다."

"형이 심각해 보여서 검색해 봤는데 원래 윗대가리들은 고뇌가 많다고 나왔더라고. 그걸 아랫 대가리들하고 일일이 나눠질 수도 없는 거고."

"자꾸 대가리 대가리 할래?"

"쏘리!"

"이 건은 이철승 팀에 넘길지도 모른다. 아니, 중국 팀이라고 불러야 하나?"

"진짜?"

덕규가 파뜩 고개를 들었다. 예상치 못한 일인 모양이었다.

"응!"

"왜? 형 뇌파가 안 먹히는 인간들이야?"

"뭐 그렇지는 않은데……."

"그런데 왜? 우리가 먹고 형 아버지 회사 경영권 보장받는다며?"

"그건 포기 안 하지."

"중국 팀에 넘긴다며?"

"낙찰만 넘길까 하고."

"무슨 소리야? 머리 나쁜 놈 좀 알아듣게 얘기 좀 해줘."

덕규가 울상을 지었다.

"다 말했잖아? 이 건 낙찰은 중국 팀에게 돌아갈지 몰라."

"그럼 우린 개꽝이잖아? 그런데 어떻게 형 아버지 회사……."

"왜냐면 중국 팀이 결국 낙찰 권리를 포기하게 될 테니까."

강토는 두 손으로 턱을 괸 채 빙그레 덕규를 바라보았다.

"그건 또 무슨 소리야?"

애간장이 타들어가는 덕규.

"이번 건 말이야, 적정 인수가격이 1,800억이야. 마지노선은 1,900억 대란다."

"그래서?"

"이 팀장님이 민 사장님과 한 협상 궁금하지?"

"그야……."

"지금 여섯 팀이 공히 200억씩 입찰보증금을 유치해 뒀거든. 누구든 낙찰된 사람이 낙찰을 포기하면 그 돈은 민 사장 주머니로 들어가는 거야."

"그건 나도 알아."

"우린 2등을 할 거야. 민 사장에게 그걸 제의했지. 만약 중국 팀이 1등이 된 다음에 낙찰을 포기하면 2등에게 계승권을 달라고. 새롭게 재입찰을 실시하지 말고 말이야. 그랬더니 수용하겠다고 했대."

"……?"

"민 사장도 나쁠 거 없잖아? 입찰은 입찰대로 되고 중국 팀 보증금 200억은 꽁으로 생기게 되는 거니……."

"뇌파로 읽었어? 중국 팀이 낙찰 포기할 거라는 거?"

"희망사항이야!"

"으아, 머리 복잡해지네. 그럼 우리가 보장되는 것도 아니 잖아?"

"그렇게 만들어야지."

강토는 단숨에 국물을 들이켜고 그릇을 내려놓았다. 할 일 이 쌓인 강토였다.

남은 팀들의 기억을 열었다.

딸깍!

딸깍!

여섯 팀의 승부수가 강토의 머릿속으로 들어왔다.

1,720억에서 1,950억 사이!

이성표를 비롯하여 여섯 팀의 응찰계획은 200여 억 원을 차이로 두고 오가고 있었다. 그러나 어느 팀도 결정된 것은 없었다. 며칠 사이, 주가는 정말 게걸음 횡보를 했다. 더러 5% 가까이 오르기도 했지만 오래 가지 않았다. 여섯 팀에 더 해 송무학이 개입한 게 틀림없었다.

이들 모두는 주가가 올라서 좋을 게 없었다. 그건, 2만 주 를 틀어쥐고 최후의 승부를 벼르는 이성표도 마찬가지였다. 그렇기에 확보한 주식을 눈치껏 풀면서 필사적으로 주가를 낮췄다.

하루 최대 상하한 폭은 30%.

이제 내일의 종가가 중요했다.

내일 13,000원 대 세팅이 되면서 끝난다면, 입찰일에 하한가를 맞으면 9,100원 대가 된다.

8,800원에서 9,200원. 중국 팀의 계산폭이 거기 포함되어 있었다.

마지막으로 체크한 D팀의 예정가액 1,950억 대였다.

경쟁자들 중 최고가다. 그들 팀은 이상할 정도로 느슨했다. 이성표의 분석에 의하면 가장 경쟁력이 약한 팀이 그들이었다.

재확인을 마친 강토는 이성표를 만났다.

"1,950억?"

보고서를 분석하던 이성표가 고개를 들었다. 강토가 말한 마지막 팀에 대한 반응이었다.

"자식들, 컨설팅비 없이 그냥 스펙으로 삼겠다?"

이성표가 사진 한 장을 집어 들었다. 강토가 뇌를 확인하고 온 팀의 리더 사진이었다.

"스펙요?"

"이 바닥에도 실적이 필요하잖아? 이 팀은 새로 규합된 팀이거든. 그러니까 한 푼도 안 먹고 이력으로 쓰겠다 이거지."

"하지만 유동성이 가장 강합니다. 마지막에 바꿀 가능성이 가장 큰 팀입니다."

"그렇지는 않을 거야. 그쪽을 내세운 기업은 자금력이 좋지 않거든. 지난번에 유상증자도 실패한 기업이라 입찰장에서 포기할 확률이 높아."

"……."

이성표는 강토의 숫자를 조합해 문자를 전송했다. 외곽 지원팀에게 넘겨 분석의 자료로 삼으려는 모양이었다.

"이제 이틀 남았어."

전송을 마친 이성표가 말했다.

"그렇군요."

"이거야 원, 이 실장이 분신술을 써서 몸을 쪼개든지 해야지……."

"팀마다 사람 붙여 놓으셨다면서요?"

"말 나왔으니까 말인데 뒤통수 조심해. 내가 이 실장 존재를 노출시키지는 않았지만 저쪽 친구들도 공휴일은 아니거든. 우리 뒤통수를 따라다니고 있을 지도 몰라."

"그러죠."

"송무학 말이야… 마지막 관리는 이 실장이 맡을 거지?"

"그래야겠죠."

"언제 교대할 거야? 붙여 놓은 친구들에게도 통보해야 해서……."

"오늘은 반 검사님 좀 만나고… 입찰 당일 날 제가 인수하겠습니다."

"괜찮겠어? 주식 개장 시간에는 외부로 나오지 않는다는데……."

"거기가 주지육림인데 나오고 싶겠어요?"

"하긴 미녀도 옆에 있겠다. 나라도 나오기 싫지. 이틀만 더 버티면 짭짤하게 긁을 판에."

"여자도 안 나온데요?"

"여자는 가끔 바람 쐬고 들어간다더군. 아무리 돈도 좋지만 좁은 오피스텔이 갑갑하지 않겠어? 붙어서 뒹구는 것도 한두 번이지."

"보고서 있나요?"

"여기!"

이성표가 종이를 내밀었다. 1224호의 출입일과를 빠짐없이 적은 종이였다. 이게 가능한 건 오피스텔의 공사 때문이었다. 송무학의 오피스텔은 지금 복도와 지하 도색 공사 중이다.

눈치 빠른 이성표는 그 공사 책임자를 구워삶아 짝퉁 인부 둘을 찔러 넣었다. 1224호에 전담 감시로 붙여놓은 것이다.

정가윤은 하루 두 번 나왔다. 점심시간 직후에 한 번, 그리고 저녁 시간에 한 번. 그녀는 주로 커피를 사서 돌아왔다. 두 잔이 아니고 여섯 잔이 보통이었다. 그녀 아니면 송무학이 커피 마니아라는 얘기였다.

점심시간 직후······. 커피······.

강토는 중요한 스케줄을 머리에 담아두었다.

"그런데 반 검사는 왜?"

핸드폰 문자를 확인하던 이성표가 물었다.

"왜요? 아직도 감정 있어요?"

강토는 기억하고 있었다. 이성표를 처음 만난 청량리 커피전
문점. 그때 반 검사라는 말에 각을 세우던 이성표. 물론 양측
이 짜고 친 고스톱이라는 걸 알고 있기에 농담을 겸한 소리였
다.

"뭐 솔직히 검사라면 아쉬울 때는 절대 구원자고 그렇지 않
을 때는 상대하기 찜찜한 직업이지. 아는 사이라고 해도······."

"중국 팀 일과 관련해서 체크해 볼 게 있어서요."

"반 검사에게?"

"예!"

"내가 알면 안 되는 일인가?"

"아직은 그냥 감만 잡은 일이라서요."

"오케이, 그럼 이 실장이 알아서 하라고."

이성표는 쿨하게 반응했다.

덕규는 사무실로 돌려보내고 강토 혼자 반 검사에게 향했
다. 목적은 이규리가 살해한 사람에 대한 정보 확인이었다. 이
규리와 중국인이 왜 그를 죽였는지 알고 싶었던 것이다.

'살인사건이니 반 검사를 통하면 알 수 있을 지도······.'

소위 인맥 좀 동원해 볼 생각이었다. 하지만 강토의 기대는 주저앉는 파도처럼 속절없이 무너져 버렸다. 반 검사의 입에서 나온 말 때문이었다.

"그런 사건은 접수된 게 없는데?"

사건을 조회한 반 검사가 고개를 들자 강토 머리에 뜨끔한 충격파가 스쳐갔다.

없어?

그런 사건이 없다고?

"확실합니까?"

강토가 되물었다.

"아니면? 여기 서울지검이야. 전국 사건사고는 다 입력되어 있다고."

"혹시 누락······."

"그거야 옛날에 수기로 사건관리할 때 말이지 지금은 이름이나 주민번호 외에도 동네, 상호 등의 연관된 검색어만 넣어도 주르륵 나오는 세상이잖아?"

"······."

"그런데 이 사람이 왜?"

반 검사는 자기 책상에서 강토가 이름을 적어준 메모를 흔들며 물었다.

"그 사람 살해당했습니다."

"……!"

반 검사의 표정이 확 굳는 게 보였다.

"진짜야?"

"물론이죠?"

"서울에서?"

"예."

"직접 확인한 거야?"

"물론이죠."

"좋아, 자세히 좀 말해봐."

자리에서 일어선 반 검사가 강토가 있는 소파로 옮겨왔다.

"그 사람 대학의 박사입니다. 죽인 사람을 내가 알아요."

"설마 뇌파?"

"예!"

넘겨짚었던 반 검사의 표정이 조금 더 구겨졌다.

"좀 더 자세히!"

"꽤 된 일입니다. 일요일이었어요. 대학 실험실에서 죽었는데 분명 타살입니다."

"하지만 그 이름으로 경찰이나 검찰에 신고된 건 없었어. 신분이 대학교수라면 그냥 묻혀갈 리도 없고……. 그럼 사체를 유기라도 했단 말인가?"

"그건 나도 모르죠."

"기다려봐."

반 검사가 다시 일어섰다. 그리고 전화를 걸었다. 잠시 후에 유 수사관이 들어섰다.

"나왔나?"

반 검사가 물었다.

"선종일……. 대학을 뒤졌더니 나왔습니다. 이학박사로 국내 독성물질연구 권위자인데 시료 분석을 위해 일요일 날 출근해 근무하던 중 과로사로 사망, 화장으로 장례를 치른 걸로 나왔습니다."

"과로사?"

"예, 사망신고서까지 확인했는데 틀림없답니다."

"진단의사에게 확인했나?"

"그게… 과로에 의한 뇌경색이 맞다고……."

"알았어, 나가 봐."

반 검사가 유 수사관을 내보내려할 때였다. 강토가 나서 틈새를 파고들었다.

"잠깐만요."

문까지 다가선 유 수사관이 돌아보았다.

"과로 말입니다. 어떤 과로인지도 알아보셨나요?"

"당시에 중국 현지 공장에서 들어오던 장난감 중에 환경호르몬 검출 해물 논쟁이 있었답니다. 그걸 선 박사가 맡아 분석을 진행하고 있었는데 그 양반 실험이 그것만이 아니라 과부하가 걸린 걸로 파악하고 있었습니다만."

"결과도 알 수 있나요?"

"선 박사가 쓰러진 책상 위에 분석 성적표가 있었는데 논란이 된 환경호르몬 독성물질은 '불검출'내지는 '기준치 이하'라고 찍혀 있었다더군요. 대학 관계자와 유족들도 선 박사에게 아무런 외상도 없고 외부침입자 흔적도 없는 데다 최종적으로 병원으로 옮기는 과정에서 숨진 까닭에 과로사로 판단하고 경찰에 신고하지 않은 모양입니다"

"그 장난감 회사 로고가 MM이지요?"

"그렇습니다만……."

유 수사관이 보고서를 살펴보며 대답했다.

"알겠습니다."

강토가 마무리 답을 하자 유 수사관은 고개를 갸웃거리며 나갔다. 순간 강토가 움찔거렸다. 회사 이름을 묻는다는 걸 깜빡한 것이다. 하지만 그게 중요한 것 같지는 않아 그냥 넘겨 버렸다.

"문제가 있나?"

다시 반 검사가 물었다. 뭔가 감을 잡은 표정이었다.

"자세한 건 나도 모릅니다. 다만 중국 측에서 사람을 보내 선종일을 죽인 것만은 확실합니다."

"과정은 모르고 범인은 안다?"

"추측컨대 청탁을 받은 거 같습니다. 살해자가 그런 류의 전과를 가진 사람이니까요."

"청탁이라면 중국 회사?"

"장난감 유해물질이 문제가 되었다면… 검사 결과에 따라 회사가 망할 수도 있었던 거 아닙니까?"

"그렇지."

"수사하시겠습니까?"

"해야지. 누가 가져온 정보인데?"

"그럼 이 두 사람, 출국 정지하시고 이틀만 기다려 주십시오."

"이틀?"

"그때가 되면 내가 소재를 넘겨드리겠습니다."

"강토 씨!"

"꼭 그렇게 하셔야 합니다. 그래야 제가 반 검사님을 돕는 거고 반 검사님도 저를 돕는 게 되니까요."

"서로 돕는 일이다?"

"예!"

"그럼 오케이야. 어차피 몰랐던 사건, 이틀 기다린다고 어떻게 될 것도 아닐 테고."

"고맙습니다!"

"아, 장 고문님 쪽 일 궁금하지 않아?"

'장 고문?'

강토가 시선을 들었다.

"이런 순진하시기는……. 지금 청와대가 난리잖아? 당 쪽에도 불똥이 튄 모양이고. 그게 강토 씨 작품이 아니면 뭐겠어?"

청와대 난리?

그렇다면 황 행정관과 마찬진 의원 쪽 일. 하지만 그 일은 청와대에서 알아서 할 일이었다.

"나는 그저 용역 하나를 수행했을 뿐입니다."

"그 용역 나도 좀 부탁해도 될까?"

"검사님이요?"

"아아, 지금 당장은 아니고… 검찰에도 외부 용역 줄 일은 널렸다고. 예를 들어 현상금 수배범이나 정치범들 말이야. 증거라고는 없거나 있어도 그 인간들 머릿속에 든 거라서 강토 씨처럼 뇌파 저격 전문가가 필요할 때가 많아."

"보수가 짭짤하면 고려해 보죠."

강토는 자리를 털고 일어섰다.

이 순간에도 째깍째깍 잘도 흐르는 시간, 그 시간을 아껴야 했다.

＊　　　＊　　　＊

(플랜 A―도색 팀 인부로 가장해 오피스텔에 들어가 송무학 공략)

(플랜 B―강토 방식으로 해결)

송무학이 키포인트였다.

이른 아침, 뇌 표본을 바라보며 강토는 생각에 잠겼다. 표본은 덕규가 청계천 풍물시장에서 구해왔다. 병원에서 쓰던 것인 모양이었다. 강토는 이랑과 고랑을 쓰다듬었다. 주름으로 접히고 또 접힌 뇌. 별것 아닌 이 속에서 인간의 사고가 이루어지고 인간의 우주가 형성된다고 생각하면 언제나 경외감이 느껴지는 강토였다.

강토는 플랜 A를 내려놓았다. 시간 때문이었다. 마침내 밝아온 입찰일, 마지막으로 경쟁자들의 머리에 든 속내를 파악해야 했다. 어제 블루 라이프의 주식 종가는 13,400원으로 끝났다. 응찰팀들이 원하는 최상의 시나리오는 하한가인 9,200원대. 더불어 중국 팀의 범위 끝에 걸린 숫자였다.

피를 말린다.

그 말이 실감이 났다. 다들 얼마나 주식의 동향과 분석에 목을 매고 있을까? 현재까지의 페이스로 봐서 오늘 주식의 방향성은 상방향이었다. 이성표는 3—4% 정도 상승을 예상하고 있었다. 각 팀이 주무르는 주식으로 주가를 조절 중이지만 허를 찌르는 패가 나올 수 있다고 본 것이다.

'아니야······.'

강토는 달랐다. 하한가가 될 9,200원 때문이었다. 그동안의 거래량은 소폭 상승이었다. 그건 곧 주포의 움직임이 거의 야금야금이었다는 뜻이기도 했다.

강토는 이성표가 깔아놓은 협력자들에게 문자를 보냈다.

─상황 주세요!

5분도 되지 않아 문자들이 답지해 왔다.

─A팀 리더 새벽 5시 기상, 아직 사무실 출근 전. 특이사항 없음.

─B팀 리더 팀원 두 명과 밤샘 미팅 중.

─D팀 리더, 미기상. 특이사항 없음.

강토의 시선은 D팀에서 멈췄다. 미기상. 아직 일어나지 않았다는 얘기였다. 천하태평이다. 이래 가지고 뭘 얻을 수 있을까?

마지막은 신경이 쓰이는 E팀. 즉 중국 팀이었다.

─E팀 현재 이철승 사무실에서 팀원 미팅 중.

'역시…….'

걸리는 팀이었다.

─이 여자 있나요?

강토는 덕규가 몰래 찍은 이규리의 사진을 첨부해 질문을 날렸다.

─못 보았습니다만.

답문이 날아왔다. 이규리는 참석하지 않는 모양이었다. 하긴 이규리는 최면술사. 숫자와 동향에 정보를 넣어 비벼대는 전략회의에 참석할 필요는 없었다.

─리더들 소재 파악 놓치지 마세요. 지금부터 차례로 확인

체크 들어갑니다. 특히 오피스텔 팀 긴장하세요.

강토는 여섯 팀을 관리하는 협력자들에게 문자를 날리고 일어섰다. 이 체크를 끝내고 비전타워 오피스텔로 향할 강토였다.

샤워를 마친 덕규가 철문을 밀고 나왔다.

"가자!"

강토는 주스 한 병을 던져주고 앞섰다. 골목으로 나오니 마고 아줌마가 보였다.

"이 실장!"

아줌마는 반색을 하며 김밥 뭉치를 내밀었다. 직접 끓여낸 어묵 국물도 있었다.

"아침 안 먹었지?"

받아드니 김밥에서 따뜻한 체온이 묻어나왔다. 방금 싼 모양이었다.

"만드셨어요?"

강토가 물었다.

"오늘 중요한 일 있다며? 일찍 나갈 것 같아서 가져다줄까 했는데 마침 나오네?"

"고맙습니다."

"아침은 따뜻하게 먹어야 복이 들어와. 파이팅이야."

아줌마는 주먹을 쥐어 보였다.

"이러지 않으셔도 되는데……."

"무슨 소리… 나 요즘 제2의 대박치고 있는 거 몰라?"

"대박요? 손님 많이 늘었어요?"

김밥을 물어뜯던 덕규가 물었다. 아줌마의 김밥은 통짜였다.

"아무래도 청와대가 길한 방향이었나 봐. 거기서 기를 받고 왔더니 하루 두세 명씩 꾸준하게 오는 거 있지? 어제는 남편 사업 아이템 정해달라는 손님이 고맙다며 자그마치 100만 원이나 주고 갔어."

"으아, 아줌마 많이 약해졌네. 잘나갈 때는 한 판에 1억도 받았다면서요?"

"그거야 딱 한 번이었지. 그리고 지금 내 나이가 몇인데? 나 욕심 없어. 패자부활한 기분이라고."

아줌마는 정말 행복해 보였다. 전성기에 비하면 택도 없는 수입과 인기. 그러나 이제 작은 것에도 만족할 줄 알게 되었으니 사주의 달인이 따로 없었다.

부릉!

차가 시장거리로 나왔다. 이른 아침이지만 시장통은 분주했다. 바닥에 깔린 과일들은 더없이 싱싱해 보였다. 인간 본연의 활기참. 그걸 보자니 강토 기분도 덩달아 좋아졌다.

"A팀부터?"

메모지를 본 덕규가 물었다. 강토는 문자부터 체크했다. 현재의 거리에서 가장 가까운 팀은 B팀이었다. 덕규는 이런 면

이 아쉬웠다. 다 좋은데 치밀함이 부족한 것이다. 첫 타겟은 B 팀으로 가닥을 잡았다.

B팀은 아침 전략회의를 끝내고 대형 국밥집에서 식사를 하고 있었다. 강토는 그들이 보이는 테이블에 살며시 자리를 잡았다. B팀은 화기애애했다. 팀워크가 좋은 편으로 보였다.

'오늘 아침의 따끈한 비밀!'

국밥 주문이 오기도 전에 강토는 시크릿 메즈를 날렸다. 시간을 아껴야 하기 때문이었다. 리더의 머리 속에 든 숫자는 1920과 1930이었다. 그를 지원하는 주식도 나왔다.

340,000주!

어제까지 250,000주 소진하며 가격 조율!

그러니까 그에게 남은 건 90,000여 주.

리더의 복안은 2시 40분에서 5분 사이였다. 그사이에 매도 건 매입이건 승부를 걸어 그들 응찰액 쪽으로 맞출 가닥이었다.

국밥이 나왔다. 김밥을 먹은 터이기도 했지만 시간상 국물만 몇 번 뜨고 다음 리더에게 향했다. B팀의 결과는 차에서 이성표에게 문자로 쏘았다.

C팀에 이어 A팀을 체크했다. F팀도 체크를 마쳤다. F팀 리더는 차 안에 있기에 별수 없이 고양이의 도움을 받았다. 길고양이를 시켜 앞 유리로 올라가게 했던 것이다.

빵빵!

클랙션을 울려도 고양이가 끄덕하지 않자 리더가 나왔다. 매직 뉴런은 그때를 놓치지 않았다. 고양이가 고마웠다.

이제 남은 건 D팀과 중국 팀인 E팀이었다. 그때 이성표 쪽에게 문자가 들어왔다.

―중국녀 오피스텔 등장!

중국녀, 이규리를 뜻하는 말이었다.

"오피스텔은 왜 간 거지?"

덕규가 강토를 돌아보았다. 좋지 않은 예감이 들어 이성표에게 전화를 걸었다. 전체적인 확인이 필요했다.

"조금 전에 도착해서 올라갔다더군. 신경 쓰이면 D팀 건너뛰고 그쪽으로 가보시게. 보고 받았는데 D팀은 아직도 느슨한 분위기라는 거야."

이성표가 방향을 제시해주었다.

"오피스텔?"

통화가 끝나자 핸들을 잡은 덕규가 물었다.

"아니, D팀 리더!"

"형!"

"찜찜하잖아? 한두 푼짜리 판도 아닌데 멍 때리고 있을 수 있냐? 너무 널널하게 나오니까 오히려 켕긴다."

강토는 청와대 황 행정관을 잊지 않고 있었다. 정말이지 의심 자체가 죄스러웠던 그녀. 그러나 그 허점을 비웃기라도 하듯 그녀가 내통자였던 경험… 그렇기에 강토, 아무래도 그 리더의 머릿속을 제대로 체크해야만 직성이 풀릴 것 같았다.

"예썰, 원하신다면!"

덕규는 파워풀하게 핸들을 꺾었다. 원래 차를 좋아하는 덕규. 어느새 차와 한 몸처럼 움직이고 있었다.

끼익!

차는 낡은 카페에 닿았다. 협력자들이 파악한 D팀 리더의 현재 소재가 그곳이었기 때문이었다. 팀은 그곳 2층 테라스를 점령하고 있었다. 두 테이블을 차지하고 저마다 노트북을 펼친 채 희희낙락에 여유만만이었다. 게임이라도 하는 걸까? 진심으로 궁금했다. 저 팀의 정신세계……

'뚜껑 한번 열어볼까?'

강토는 가까운 테이블에 앉아 매직 뉴런을 출격시켰다. 노트북을 두드리며 여유로운 리더에게.

'블루 라이프 입찰액!'

선택 명령어는 여러분 모두가 아는 그 내용이었다.

리더의 비밀 서랍, 그 앞에 늘어선 시냅스들의 가시는 선명하게 굵었다. 뭔가 강력하고 반복적으로 기억하고 있다는 방증.

'숫자 1980.'

있었다. 리더의 머리에는 여전히 1980이 들어 있었다. 숫자를 읽어내고도 고개를 갸웃거리는 강토. 그 숫자로 인해 새겨졌을 시냅스의 가시 흔적이 아니었다. 시냅스 가시는 상황을 반영한다. 강력한 기억이나 중대한 기억, 혹은 초반복적인 학습이 아니고는 저만한 탄력과 굵기의 가시가 생길 리 없었다.

'최근 비밀!'

기본 확인에 들어갔다. 맨 처음 시크릿 메즈로 썼던 옵션. 그동안 매직 뉴런의 기능을 하나 둘 파악하면서 오히려 잘 쓰지 않게 되었던 기본 능력. 그걸 리더의 시냅스 가지에 쑤셔 넣었다.

그러자…….

'해킹?'

엉뚱한 단어가 튀어나왔다.

해킹?

눈살을 찡그린 강토, 그와 관련된 기억 서랍을 하나하나 열었다.

'응?'

차례로 열린 서랍을 본 강토가 경악의 몸서리를 쳤다. 그 안에는 이성표의 이름과 전화번호가 있었다. 다른 팀의 리더와 멤버들 이름도 차곡차곡 보였다. 뒤를 이어 그들이 나눈 문자와 카톡 등의 내용까지도 이 리더의 기억에서 와글바글 튀어나왔다.

'해커?'

젠장!

강토는 자신도 모르게 입술을 깨물었다. 다른 팀과 달리 느

슨했던 D팀. 그들의 정체가 드러나는 순간이었다. 그들은 해킹
팀이었다. 여섯 팀 리더의 스마트폰을 해킹해 상대의 표를 점
잖게 들여다보고 있었던 것. 가장 헐렁한 것 같지만 가장 강력
한 상대.

'돌발 다크호스.'

강토의 눈빛이 제대로 일그러졌다.

스마트폰 해킹!

설마 하던 일이 일어났다. 스마트폰 해킹은 생각보다 쉽다.
툴도 10여 만 원이면 구입할 수 있다.

관건은 프로그램이 아니라 낚시법. 남의 스마트폰을 몰래 가
져다 직접 악성코드를 선물할 수도 있지만 대개는 문자로 유
혹을 한다. 이성표를 비롯한 상대 팀들은 그 낚시를 물었다.
낚시의 제목은 블루 '나'이프와 '불'루 나이프였다. 해킹툴을 제
작한 전문가가 맞춤형으로 문자를 날린 것. 마침 그 회사에
입찰할 사람들이었으니 맞춤법 따위는 신경 쓰지 않았던 것이
다.

이렇게 되면 그 스마트폰은 악성코드를 깐 사람의 것이나
다름없다. 원격조종까지도 가능하다. 그럼 당한 여섯 팀은 아
무도 눈치채지 못한 걸까? 그것까지는 장담할 수 없었다. 어쩌
면 이들의 머리 위에서 일부러 당한 척 속아주고 있는 사람도
있을 수 있었다.

복잡해졌다.

과연 프로들이었다.

아무튼, 중요한 건 이성표였다.

강토가 판단하기로 그는 이 사실을 모르는 게 분명했다. 그렇다면 문제가 될 일이었다.

'어쩐다?'

해결책은 두 가지가 있었다. 하나는 모른 척하면서 역이용하는 것. 그건 이성표에게 덕규를 보내 오프라인으로 해킹 사실을 알려주면 될 일이었다.

또 하나는 강토식 해결법……. 그러나 징벌은 아니었다. 마음먹기에 따라서는 지금 당장 저 리더의 잔머리에 치매 정도의 선물을 안겨줄 수도 있는 강토. 하지만 그로 인해 값진 경험을 얻었으니 치매는 면제할 생각이었다. 차선책은 기억 왜곡이었다. 리더의 기억 속에 든 기억을 지워 버리거나 엉뚱한 숫자를 넣어주면 되는 것이다.

'기억 왜곡으로 간다.'

강토는 마음을 정했다. 덕규를 보내면 될 일이지만 그렇게 되면 이성표가 혼란에 빠질 우려가 있었다.

이미 운명의 날이 밝은 마당, 게다가 최후의 핸들링은 강토의 몫. 그렇다면 그와 멤버들이 동요할 요인을 제공할 필요는 없었다.

후우!

돌아 나오는 강토, 간담이 서늘했다. 자칫했더라면 죽 쒀서 개줄 뻔한 것이다.

시계를 보았다. 그새 정오가 가까웠다. 이제는 서둘러야 할 시간이었다.

"국가경제가 어려워서 정부님께서 뒷구멍으로 세금 많이 올렸다던데 국고 좀 보태주자."

도로로 나서기 무섭게 강토가 말했다.

"헤헷, 우리 너무 애국자 아니야?"

말귀를 알아들은 덕규가 가속하기 시작했다. 중간중간 설치된 단속 카메라는 무시해 버렸다. 많이 벌면 많이 써야 한다. 정부의 캐치플레이즈도 그거였다.

내수 살리자!

그게 돈 펑펑 쓰라는 말 아닌가?

그런데…

"형!"

덕규가 백미러를 보며 소리쳤다.

"짭새냐?"

강토는 사이드 미러를 바라보았다. 짭새가 아니었다.

"아까부터 따라붙고 있어."

"우리?"

"응!"

가만 보니 경광등 따위는 없었다. 요즘 몰래 단속이 있다기에 혹시나 싶었는데 그것도 아닌 모양이었다.

"모른 척 달려."

"아까 그 새끼들이 붙인 미행 아닐까?"

"아마……."

강토도 짐작 가는 게 있었다. 오피스텔이었다.

경쟁 팀들도 분명 송무학의 존재를 추적하고 있었을 것이
다. 하지만 그들은 찾아내지 못했다. 그런데 강토 쪽에서 단서
가 나왔다. 오늘 아침에도 '오피스텔 팀'이라는 문자를 날렸던
강토였다.

다행스러운 건 어느 오피스텔 몇 호라는 말을 쓰지 않은
것. 그런 이야기는 이성표와 대화로 나눴기에 송무학의 위치
가 드러나지 않은 것이다.

그래도 그들은 감을 잡고 있었다. 그랬기에 '오피스텔'을 점
검하기 위해 미행을 붙인 모양이었다.

"어쩌지?"

덕규가 돌아보았다.

"가는 길에 다른 오피스텔 있지?"

"응!"

"거기 잠시 세운다."

"오케이!"

지시를 받은 덕규는 내처 달렸다. 잠시 후에 차가 멈춘 곳
은 낡은 오피스텔의 지하 주차장이었다.

"안 오는데? 눈치를 깠나? 우리가 오버했나?"

차에서 내린 덕규가 아리송한 표정을 지을 때 문제의 차가 들어섰다. 의심을 살까봐 시간을 두고 진입하는 모양이었다.

"숙여!"

강토는 차량 뒤쪽에서 몸을 낮췄다.

남자 둘이 차에서 내렸다. 둘은 강토 차를 향해 다가왔다. 한 남자는 차 안을 살피고 또 다른 한 사람은 뒤로 돌았다. 강토가 발딱 일어선 건 그때였다.

"……!"

남자는 선 채로 말문이 막혔다.

강토의 매직 뉴런들이 관자놀이 부근의 측두엽을 압박해 일시적으로 실어증을 유발한 것이다. 그사이에 비밀의 서랍을 연 건 물론이었다.

─이강토라는 놈이 송무학 아지트를 아는 것 같다.

─뒤따라가서 파악하고 작업해. 송무학이 협조 안 하면 손모가지를 부러뜨리든지 입을 막아버리든지 알아서 하고.

남자의 기억에서 나온 건 D팀의 리더였다.

정말이지 중국 팀 못지않게 치밀하고 악랄한 인간이었다. 정보를 뽑아낸 강토는 남자의 뇌간으로 매직 뉴런의 방향을 틀었다. 그곳에서 호흡량을 절반 가까이 줄여주자 남자는 맥을 놓고 주저앉았다.

"야, 왜 그래?"

차 안을 살피던 남자가 뛰어왔다. 남자는 늘어진 동료를 부축해 차에 태웠다.

강토는 그 남자에게도 자신의 매직 뉴런을 욱여넣었다. 그 역시 뇌간을 눌러 의식을 잃게 만들어 주었다. 두 남자는 사이좋게 포개졌다.

덕규가 둘을 그들 차 안에 처박았다. 강토는 둘의 전화기와 차 키를 집어 시트 밑에 처박았다. 압박의 강도로 보아 두어 시간 자고 나면 깨어날 일.

'잠이 보약이라니까.'

강토는 둘의 빰을 톡톡 두드려 주고 목표를 향해 돌아섰다. 떨거지들과 놀아주는 것, 그것으로 충분했다.

『시크릿 메즈』3권에 계속…

초대형 24시 만화방

신간 100%, 샤워실, 흡연실, 수면실(침대석), 커플석, 세탁기 완비

■ 강북 노원역점 ■

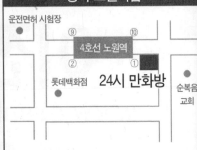

운전면허 시험장
④ ⑩
4호선 노원역
② ①
롯데백화점 24시 만화방
순복음 교회

서울 노원구 상계동 340-6 노원역 1번 출구 앞 3층
02) 951-8324 (화용빌딩 3층)

■ 일산 정발산역점 ■

경찰서   정발산역

제2 공영주차장   롯데백화점

E C A
라페스타
F D B

라페스타 E동 건너편 먹자골목 내 객잔건물 5층
031) 914-1957

■ 일산 화정역점 ■

덕양구청
③ ④
화정역
② ①
세이브존
롯데마트   이마트
24시 만화방 화정중앙공원 화정동 성당

경기도 고양시 덕양구 화정동 984번지 서일빌딩 7층
031) 979-4874 (서일사우나 건물 7층)

■ 부천 역곡역점 ■

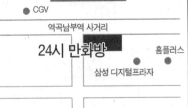

역곡역(가톨릭대)
CGV
역곡남부역 사거리
24시 만화방   홈플러스
삼성 디지털프라자

역곡남부역 기업은행 건물 3층
032) 665-5525

■ 부평역점 ■

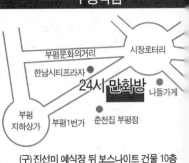

부평문화의거리   시장로터리
한남시티프라자
24시 만화방   나들가게
부평
지하상가   부평1번가   춘천집 부평점

(구) 진선미 예식장 뒤 보스나이트 건물 10층
032) 522-2871

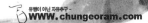

이경영 판타지 장편소설

FANTASY FRONTIER SPIRIT

그라니트

용들의 땅

GRANITE

사고로 위장된 사건에 의해 동료를 모두 잃고 서로를 만나게 된 '치프'와 '데스디아'.
사건의 이면에 장식을 벗어난 음모가 있음을 알게 된 둘은
동료들의 죽음을 가슴에 새긴 채 각자의 고향으로 돌아간다.
2년 후, 뜻하지 않게 다시 만난 두 사람은 동료들의 복수를 위해
개척용역회사 '그라니트 용역'을 설립해 다시금 그 땅을 찾게 되는데……

용들이 지배하는 땅 그라니트!
그곳에서 펼쳐지는 고대로부터 이어지는 운명적 만남,
깊어지는 오해, 그리고 채워지는 상처.

『가즈 나이트』시리즈 이경영 작가의 미래형 판타지 신작!

Book Publishing CHUNGEORAM

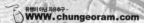

유행이 아닌 자유추구 -
WWW.chungeoram.com

만상조 新무협 판타지 소설

FANTASTIC ORIENTAL HEROES

천하제일이란 이름은 불변(不變)하지 않는다!

『광풍제월』

시천마(始天魔) 혁무원(赫撫源)에 의한 천마일통(天魔一統)!
그의 무시무시한 무공 앞에 구대문파는 멸문했고,
무림은 일통되었다.

"그는 너무나도 강했지.
그래서 우리는 패배했고, 이곳에 갇혔다."

천하제일이란 그림자에 가려져 있던 수많은 이인자들.

"만약……."
"이인자들의 무공을 한데로 모은다면 어떨까?"
"시천마, 그놈을 엿 먹일 수도 있을 거야."

**이들의 뜻을 이어받은 소년, 소하.
그의 무림 진출기가 시작된다.**

Book Publishing CHUNGEORAM

유행이 아닌 자유추구 -
WWW.chungeoram.com

박선우 장편소설
FUSION FANTASTIC STORY

멋진 인생
Wonderful Life

태어나며 손에 쥔 것이라고는 가난뿐.

그러나 내게는 온몸을 불사를 열정과
목숨처럼 소중한 사랑이 있었다.

『멋진 인생』

모두가 우러러보는 최고의 직장이자 가장 치열한 전쟁터,
천하그룹!

승진에 삶을 바친 야수들의 세계에서 우뚝 서게 되는
박강호의 치열하지만 낭만적인 이야기!

Book Publishing CHUNGEORAM

유행이 아닌 자유추구
WWW.chungeoram.com

강준현 장편소설
FUSION FANTASTIC STORY

인생을 바꿔라

『복수의 길』, 『개척자』 강준현 작가의
2016년 신작!

자신이 무엇인지 알지 못하는 정신체, 염.
세상을 떠돌며 사람의 몸속으로 들어가
에너지를 얻고 나오길 반복하던 어느 날.

사고로 인한 하반신 마비, 애인의 이별 선언,
삶에 지쳐 자살하려는 김철의 몸에 들어가게 되는데……

"뭐, 뭐야! 아직도 못 벗어났단 말이야?"

새로운 삶을 살리라,
정처 없이 떠돌던 그의 인생 개척이 시작된다!

"어떤 삶인지 궁금하다고? 그럼 한번 따라와 봐."

Book Publishing CHUNGEORAM

유행이 아닌 자유추구 -
WWW. chungeoram.com